JN307634

書下ろし

御赦免花《ごしやめんばな》

刀剣目利き　神楽坂咲花堂②

井川香四郎

祥伝社文庫

目次

第一話　御赦免花《ごしやめんばな》

一

神楽坂咲花堂《かぐらざかさくはなどう》の表戸が激しく叩かれたのは、凪《な》いだように風のない生暖《なまあたた》かい初夏の夜だった。ドドドンと太鼓のように激しく叩き鳴らされて飛び起きた番頭の峰吉《みねきち》は、

——またぞろ若旦那が酔っぱらって帰って来たか。

と思って、寝ぼけ眼《まなこ》を擦《こす》りながら、二重になっている表戸に出て行った。格子戸を開けると、踏み込みがあり、その表に木戸があった。

「へえへえ、そないに叩かんでも。近所迷惑ですがな」

心張り棒と閂《かんぬき》を外して、戸を引き開けると、そこには宗十郎頭巾《そうじゅうろうずきん》に羽織の侍とその供《とも》の者が四人ほど立っていた。あっさり開けたことに相手は驚いたようだが、峰吉の方もびっくりした。

「若旦那じゃなかったんどすか」

相手は無言のまま、すうっと手のひらに握りしめていた印籠《いんろう》を出した。

暗くてよく見えないが、相手が提灯《ちょうちん》をかざすと、凝視する峰吉の目に、印籠の紋が飛び込んできた。

三葉葵《みつばあおい》の紋が入っている。

「ハ、ハアア！」

思わず下がって踏み込み土間に平伏したまま、峰吉はぶるぶる震えながら額《ひたい》を上げられないでいた。一瞬にして目が覚めて、何故《なにゆえ》に将軍家の御紋を持つ侍が来たのか、一体、何の用なのか、頭巾をしているが誰なのか、などという考えが頭の中をぐるぐる回ったが、峰吉には理解できなかった。

「上様ゆかりの者である。昨今の飢饉《ききん》や災害で世は乱れ、庶民は貧窮《ひんきゅう》に喘《あえ》いでおる。金を良いことに使うてやるによって、店にあるだけの金をすべて出しなさい」

頭巾侍が偉そうな武家言葉で言うのへ、峰吉が顔を下に向けたまま、

「はあ。一体、どういう訳《わけ》でございましょう」

と返答を返すなり、シャリッと刀を抜き払う音がして、

「無礼者。貴様ら骨董屋《こっとうや》は、素人《しろうと》目には分からぬのをよいことに、二束三文の物を高値で売り、私腹を肥やしているは明々白々。その汚い金を世のため人のために、使うてやると言うておるのだ」

峰吉は口をパクパクとさせながら、

「そんなことは決して……私どもはまっとうな……」

「二度は言わぬ。おとなしく差し出せば何も危害は加えぬ」

「ハハア」

峰吉は転がるように帳場に行って、手文庫をそのまま差し出した。すると供侍がその手文庫の中にあるだけの金を摑《つか》み取るなり、

「よい心がけじゃ。いずれ御公儀より御礼の文が届くであろう。これからは矜持《きょうじ》を正して励むがよい」

と言い捨てて、そのまま立ち去ったが、頭巾侍たちの残り香が妙に甘ったるかった。

ペタリと床に座り込んだ峰吉は、しばらく呆然《ぼうぜん》と開けっ放しになったままの格子戸の外を眺めていたが、もわっと生ぬるい風が流れ込んで来て、ハタと不思議な感覚が消えた。

ゆっくり立ち上がって表に出てみると、坂道を埃《ほこり》が這《は》うように滑って行くだけで、頭巾侍たちの姿はどこにも見えなかった。

「……もしかして、ああ、ひょっとして、もしかしてッ」

峰吉の胸の内には俄《にわか》に不安な重みが広がってきた。

根岸《ねぎし》のとある立派な寮が、まだ中天にある月に煌々《こうこう》と照らされていた。

その奥の一室に飛び込んで来た宗十郎頭巾と供侍たちが、転がるように倒れるとパッと

頭巾を取り、窮屈そうに帯を解いて、着物を脱ぎ捨てた。

いずれもが十五、六の子供たちで、中には娘もいた。

頼りがいのありそうな勝次郎《かつじろう》。いかにも不良っぽい忠助《ちゅうすけ》。剽軽《ひょうきん》そうな源太《げんた》。おとなしそうな鶴吉《つるきち》。そして、おてんばな感じのお松《まつ》であった。

「ふははは。チョロいもんだぜ。鶴吉、おめえが作ったこの印籠、結構、役に立つじゃねえか」

と源太は年少の鶴吉を褒《ほ》めそやした。

「それほどでもねえや。でも、我ながら良い出来かもな。なにしろ、今夜だけで、三軒もうまくいったンだ」

「まさに打ち出の小槌《こづち》だぜ。この調子でばんばん稼いでいこうぜ、おい」

忠助が調子に乗って言うと、

「バカ。勝次郎兄貴の芝居が上手いンじゃねえか」

と源太は、頭巾侍役を演じた勝次郎を持ち上げて、「上様ゆかりの者である」と口まねをしながら、ひょうげて、みんなを笑わせた。

「でも、なんだか怖い……こんな大金」

お松は不安を隠せない顔色になって、仲間の少年たちを見回した。床に無造作に散らかされた金は、ざっと三百両は超えている。どう見ても十五、六の子供には縁のあるはずのない大金である。十両盗めば首が飛ぶ。お松たちみんなの首が飛んで余る大金だ。

「冗談じゃねえや。これは盗んだンじゃねえ。相手がてめえから差し出したもんだ。そうだろ、みんな。首なんざ飛ばないよ」

忠助はそう自らを正当化するように言ったが、誰も本音ではそうは思っていない。騙《かた》り取ったとすれば、その方が罪は重いのだ。しかし、騙りでもない。相手が差し出しただけだと、あくまでも忠助は主張した。

「なんにしろ、みんなよくやった」

と勝次郎は子分たちを慰労するように声をかけた。

「だがな、あまり調子には乗るなよ。しばらくは鳴りをひそめとく。いいな」

勝次郎はそう諭《さと》しながら、みんなに数両ずつ分け前を与えると、後は丁寧《ていねい》に紙に包んで袱紗《ふくさ》に仕舞い込んだ。

二

翌日、巷《ちまた》では、またぞろ葵小僧が出没したという噂《うわさ》で持ちきりだった。

葵の御紋を使った騙り盗賊が、この一年ほど、江戸のあちこちで横行していたが、まさか徳川一門を取り調べるわけにはいかず、事実上放置されていた。もちろん町方には、幕閣から探索の上、捕らえて処罰せよとの命令は出ていた。が、町方役人が御紋の印籠を持つ者を見つけたとしても、

「葵小僧の探索ですので、拝見させて下さい」

とはなかなか言えぬ。押し込み強盗に入られたのなら、話は別だが、相手の言い分を信じて出した方にも問題があるということで、町方としても、できることなら自然に事件がうやむやになってもらいたいと願っていた。

だが、今度ばかりは、そうもいかなくなった。

咲花堂に賊が現れたのと同じ日、浅草橋《あさくさばし》の札差《ふださし》『江成屋《えなりや》』にも現れて、主人が逆らったのか、一家が惨殺されたのである。主人夫婦は縛《しば》られたままで斬り殺され、番頭や手代らの中にも殺された者がおり、中庭には数人の死体が転がり、血の海になっていた。

「まったく、残酷なことをしやがる」

北町奉行所定町廻り同心の内海《うつみ》弦三郎《げんざぶろう》は、めったに見ることのない惨状に、目を背《そむ》けたいほどだった。殺された者たちの傷を検視すると、使われた刃物は長脇差《ながどす》や匕首《あいくち》などで、おそらくならず者の類《たぐい》がやったのではないかと踏んだ。

「しかも、いずれも何の躊躇《ちゅうちょ》もなくやっているようだ。丸腰で抵抗もできない者を一息にやるとは、かなり刃物の扱いに慣れた奴らの仕業《しわざ》に違いあるまい」

幸い生き残った手代の話では、葵の紋所の入った印籠を表戸の覗き口から見せて、押し入って来たという。手代は怖くて奥へ逃げて、布団《ふとん》部屋の押し入れの中に隠れていたらしいのだが、しばらくして静かになったので、そっと店に戻ってみると、心の臓が飛び出すほどの惨劇が終わった直後だったのである。

恐る恐る外を見たが、もう誰もおらず、帳場の手文庫のみならず、蔵からも千両箱がひとつ盗まれていたという。

「世のため人のために使うてやる、なんぞと言う割には、えげつないことをしやがる。こんな奴は断固許せぬ」

内海にとっても久しぶりの大捕物になりそうだった。

検視の途中、表通りを見ると、野次馬の中に、上条《かみじょう》綸太郎《りんたろう》の姿を見た。神楽坂咲花堂の若き主人である。内海はゆっくり立ち上がると、ぶらぶらと近づいて、

「こりゃ咲花堂の若旦那」

と含みのある言い方をしながら、

「おまえんところも、葵の印籠を持った賊が入ったらしいな。番頭が坂下の自身番に届け

てきた」

「へえ。そうらしいですな」

「なんでえ、他人事《ひとごと》みたいに言うじゃないか。後で、おまえにもじっくり話を聞かせてもらうぞ」

「もちろん、お手伝いしますが、私はその時にはまだ帰っておりませんで」

「ふむ。夜遊びばかりして、いいご身分だな」

「へえ。得意先でちょいとばかし」

「いずれにせよ、番頭には押し入って来た者たちの声や体つき、人数、匂い、訛《なま》りなんぞを篤《とく》と訊くから、そう伝えておけ」

　綸太郎は丁寧に挨拶《あいさつ》をして、札差の店内に戻る内海を見送った。その目が、少し離れた茶店の軒下に留まった。
　十五、六の少年が、じっと江成屋で探索をしている同心や岡っ引らの姿を見ていたのだが、先ほどから気になっていたのだが、そいつへ玉八《たまはち》が近づいて行ったからだ。玉八とは、綸太郎が江戸に来て知り合った遊び人だが、今は桃路《ももじ》という芸者の金魚の糞《ふん》のように幇間《ほうかん》をしている。
　少年は勝次郎である。そっちも綸太郎の視線を前から感じていたのか、チラリと目を配ったが、すぐさま逸《そ》らした途端、玉八が親しげにポンと肩を叩いて気さくに声をかけた。

「勝《かつ》じゃねえか」

いきなりのことで、ドキンと振り返った勝次郎は目が飛び出すような顔で、しばし玉八を見つめていた。

「なんでえ、忘れたのか。俺だよ。前に湯島《ゆしま》坂下の長屋で一緒だった玉八だよ」

「あ、ああ……」

玉八のオコゼ顔は、それこそ忘れたくても忘れられない強烈なものがある。覚えてなくて見つめたのではなく、意外な知人に会ったことに自分で驚いただけなのであろう。呆然と立ち尽くしている勝次郎に、何か異変を感じたのであろう。玉八は少し怪訝《けげん》そうに首を傾《かし》げて、

「背も伸びて、すっかり見違えたが、今、何処《どこ》で何をやってんだい」

「え、ええ……左官の見習いを。まだペエペエの駆け出しで」

「そうかい。そりゃよかった」

と玉八は心の底から安心したように頷《うなず》いて、「俺はこう見えてもな、今じゃ、ちょいと名の知れた幇間《たいこもち》なんだ」

「玉八さんが？　うわッ。信じられねえ」

「もっとも神楽坂辺りだけだがな」

　と答えた玉八の顔を、勝次郎はもう一度、まじまじと見た。神楽坂という言葉に反応したようだが、玉八はそこまでは気づかなかった。

「坂上の赤城明神《あかぎみようじん》の裏手にある長屋に住んでっからよ、困った事があったら、いつでも訪ねて来い」

「あ、はい……」

　勝次郎は曖昧《あいまい》な笑みで頷くと、用事を思い出したと言って逃げるように駆け去っていった。玉八が声をかけた時には、さらに路地奥の角を曲がっていた。

「…………」

　いくら鈍い玉八でも、勝次郎が押し込みのあった札差を、野次馬に混じってただ見ていただけとは思えなかった。

「どないしたのだ、オコゼ」

　離れた所から二人の様子を見ていた綸太郎が近づいて来た。

「若旦那。そのオコゼはよして下せえ」

「これはかんにんや。オコゼ、いや玉八。今の子供は、おまえの知り合いかい？」

「へえ。しかし、なんでこんな所に……」

「俺も野次馬と一緒に見てたのやが、ずいぶんと真剣なまなざしで江成屋を……なんや、曰《いわ》くがありそうにな」

「そう思いやしたか、旦那も」

「どんな曰くかは知らへんけどな。江成屋はあまりいい噂は聞かないし、厳しい取り立てで追い詰められてる者の仕業だとの話もあるそうな」

「そうなので？」

「それはまだ分からへんが、これだけ凄惨な殺され方をしたのや。金を取り損《そこ》ねて居直っただけとは思えない。ま、下手をすれば峰吉も同じ目に遭ってたかもしれんけどな」

咲花堂にも賊が入ったことを知った玉八は、ますます不安な顔になった。

「どうした、玉八。何か気になることでもあるのか？」

「あ、いえ。あっしは別に……」

そう答えて、玉八は呆然と、内海たちが検分をしている江成屋の店内を遠目に見渡していた。その顔にはいつもの幇間らしい剽軽な表情などなく、憂《うれ》いに沈んでいた。

綸太郎はその玉八の横顔を、どこか腑《ふ》に落ちない様子で見ていた。

峰吉は咲花堂の店内のあちこちに、留め金や閂を作って、賊が入って来れないように工夫を凝《こ》らしていた。

仮にも、葵小僧に会ったのだ。相手は顔や姿を見られたと思って、後から襲って、江成屋のように惨殺されるかもしれないという不安に駆られているのだ。

「そんなことしたかて、襲って来る時は襲って来るぞ」

綸太郎が暢気《のんき》そうに言うのへ、峰吉は、

「自分のことやないと思うて……でも若旦那かて、分かりまへんで。一緒に殺されるかもしれまへん。へえ、私は自分の命など、どないでもええんです。若旦那を危ない目に遭わせたらあかん。その一心でですね……」

「分かった、分かった」

と綸太郎は承知したふりをして、

「ところで、おまえが見た賊の様子を詳しく話してくれんか」

「そんなこと聞いてどうしますのや。内海の旦那にぜんぶ話しましたがな。ハハン。またぞろ余計な事に首を突っ込むつもりやないでっしゃろな。その度に、守《も》り役の私は肝《きも》が縮《ちぢ》んで、寿命も縮んで……」

「縮んでも百は超えそうな勢いやないか」

「勢いてなんですか、勢いて」

「鍵や門の付けすぎやと言うとるのや。ま、ええ。そんなことより、賊の話や」

「ですから内海の旦那に……」

「真面目に聞いてるのや。ええか、おまえは店の金をごっそり相手に渡したんやぞ。申し訳ないちゅう思いはないのか」

「そりゃ……」

「あるのなら正直に言え。なんぼ相手に渡して、なんぼ自分の懐《ふところ》に入れたのや」

峰吉はゾクッとなるような目で綸太郎を振り返り、手にしていた金槌を落としそうになった。わざわざ京から一緒に来て、店の切り盛りを任せている番頭に、何ということをぬかすのや、という顔だった。

「わ、若旦那。言うてええ冗談と悪い冗談がありまっせ。下手したら私は殺されてたかもしれへんのでっせ。よう、そがいなこと」

「だったら、きちんと話したらどうや。俺にはどうも腑に落ちないことがあるんや」

「どういうことです」

「江成屋とここに入った賊は、違うような気がするのや」

「え？　そやかて……」

「印籠のことやがな。おまえ、ちゃんと見たのか？　もちろん、俺は徳川御一門の誰かがやったとは思っていない。誰が考えたってそうやないか」

「へえ。ですから、こうして鍵を……」

「だが、もし、江成屋とここを襲うた連中が違うとしたら、おまえの見た相手の特徴をじっくりと調べてもらわなきゃならん。下手人を早く捕まえてもらいさえすれば、鍵なんぞいらぬ。江成屋と違う奴らが賊なら、ここをまた襲って来ることはないやろ」

峰吉は昨夜のことをじっと考えていたが、寝入りばなで眠たかったたし、何より驚きのあまり、はっきりと覚えていないのだ。ただ、内海に話したのは、頭巾をした侍のほか供侍も頬被りなどをしていたことと、匂い袋の香りがしたということ。そして、賊は五人だったということであった。

「――五人、か」

「へえ。頭巾に供侍、それから中間《ちゅうげん》」

「背丈とか肥ってるとかは覚えてないか」

「そりゃ無理ですよ、若旦那。こっちは徳川の御方と思い、そうかと思ったら、金出せですからね……そりゃ、後になって、噂の葵小僧かと疑いましたけど、その時はとにかく怖くて私は……」

綸太郎は峰吉から、それ以上のことを聞き出すのは無理だと判断した。もちろん、峰吉に怪我のひとつもなくて済んだのは幸いだが、たまさか咲花堂に押し入ったとは思えなかった。

賊はおそらく下調べをしているはずだ。この店には昼も夜も、綸太郎と峰吉の二人しかいないと知っていたのだ。以前に襲われた他の店も、大概は一人暮らしか女所帯であった。つまり、葵小僧は自らの弱さを知っていて、反撃に出て来ないであろう店で、しかも金のありそうな所を事前に物色していたのであろう。綸太郎はそう思っていた。

その葵小僧と、札差の江成屋を襲った賊は違う。押し入り方は、葵の印籠という同じ手口だが、殺しの有無や蔵から桁《けた》違いの大金を強奪したやり方は、まったくの別人と思えたのだ。

「そうかもしれまへんが、それこそ町方に任せておけば済む話どす。てんごでもするように、探索の真似事《まねごと》はなさいませんように」

と峰吉は切々と綸太郎に哀願した。

三

その峰吉に再びの災難が襲って来たのは、事件から数日後の夕暮れだった。

谷中《やなか》に住んでいるとある陶芸師の所まで、九谷《くたに》焼や唐津《からつ》焼を届けた帰りであった。浄名《じょうみょう》律院《りつりいん》に拝んで、境内《けいだい》を抜けていた時である。

行く手の灯籠《とうろう》に凭《もた》れかかるように、若い娘がしゃがみ込んでいた。華奢《きゃしゃ》な体つきの可愛い面立ちの、まだ十四、五の娘である。

それは、お松だった。もちろん、峰吉はまったく知らない娘であり、お松の方もまったく気づいていない。

「あ、あたたた……」

娘は急な差し込みでも来たのであろうか。峰吉はすぐさま歩み寄って、

「どないしはりました。大丈夫ですか」

「あたたた」

娘は苦しそうにしているだけである。

「これはいけませんな。医者を呼んで来ますさかい、寺の庫裏《くり》でも借りて休みますか」

「どうも、済みません……」

と峰吉の差し伸べる腕に、しなだれかかった。ふと近づいた顔を見ると、くるんとした瞳で吸い付きたくなるような唇をしている。老境に入った峰吉ですら、ドキドキするような可愛らしさだった。しかも、鼻孔をくすぐる爽《さわ》やかな良い匂いがする。

峰吉は一瞬にして目がトロンとなり、

「あ、い、痛いのかい……？」

「ああ、もう駄目……」

さらにしがみついて来るのへ、峰吉もごくりと喉を鳴らしながら、娘の体を支えるために腰に手を回した。

「大丈夫かね、娘さん」

さりげなく伸ばした手がちょうど、おしりの辺りに触れた。

その時、近くの藪《やぶ》の中から、行く手を遮《さえぎ》るように数人の子供が現れた。

子供と言っても、十五、六歳のちょっとややこしい年齢の者たちである。しかも、どう見ても、普通ではない傾《かぶ》いた格好をしている。髷《まげ》を変なふうに結っているし、着物も着崩し、帯に至っては目が痛くなるような色鮮やかなものばかりだ。

もちろん、勝次郎たちである。

「おっさん。俺の妹になに嫌らしいことしようとしてんだ」

「いや、私は別に……ゴホゴホ」

峰吉は急に気分が悪くなって、激しく咳《せ》き込んだ。

「な、なんや、なんも御利益《ごりやく》あらへんやないか」

浄名律院は寛永寺《かんえいじ》三十六院のひとつで、咳《せき》や喘息《ぜんそく》にはよく効くと言われている。拝んだばかりなのに、咳が止まらない。

「おっさん」

と勝次郎が声をかけた。

「は、はい……」

峰吉の声はひっくり返った上に、腰まで砕けてしまった。

「ちゃんと手を合わせて拝んだのか？　そんな助平根性だから、御利益がないんだ」

「いや、私は……ゴホゴホ」

「あんちゃん、私、このおじさんに、無理矢理、どっかに連れて行かれそうになって」

と、豹変《ひょうへん》したお松は必死に勝次郎たちに訴えた。その娘の態度に、峰吉は腹が立つよりも、自分の不運を呪《のろ》った。

「ま、待ちなはれ。私は差し込みになったと言うので……」

「言い訳はいい、爺さん。俺たちはな……」

「わ、分かった。金ならあるさかい」

と懐から財布を出した途端、勝次郎が素早く奪い取った。

「そうかい。くれるものは貰《もら》っとくぜ」

その途端、境内から、

「お待ちなさいな」

と声があって、端然と近づいて来たのは芸者の桃路姐《ねえ》さんだった。綸太郎に気があるので、いつも咲花堂の近くをうろついているのだが、今日は芸者姿ではない。艶《あで》やかな友禅《ゆうぜん》の着物に崩し島田で、ほんの少しだけ左褄《ひだりづま》を取って、目は勝次郎を凝視している。その射るような目に、勝次郎はほんの一瞬、たじろいだが、

「関わりねえ奴はすっこんでな」

と威勢よく言った。間髪《かんはつ》入れず、桃路は勝次郎の手から財布を素早く奪い返して、

「つまらない強請《ゆすり》なんざしてんじゃないよ」

と峰吉の懐に戻した。

「スケベ心を見せた、あんたも悪い、峰吉さん」

スッと匕首をちらつかせた勝次郎は、桃路との間合いを縮めながら、

「いい気になんなよ、おばさん」

「なっ、おば……」

まだ二十を三つ超えたばかりの女盛りだ。いくらガキでも、おばさんと呼ばれる筋合いはないと思ったが、そんなことで張り合ってもしょうがない。

「あんたらこそ、いい加減にしといた方がいいよ。ここいらは、泣く子も黙る般若《はんにゃ》の寅蔵《とらぞう》一家の縄張りだ。こんな所を見られたら簀《す》巻きにされてドボンだ。とっとと家に帰って寝んねしな」

　桃路が威勢よく言い放った時、ゲラゲラと笑い出したのは勝次郎の方だった。

「人のツラ見て言えよ、おばさん。俺たち、その寅蔵一家の息がかかってンだよ」

「――！」

「おばさんこそ、怪我しねえうちに帰った方がいいんじゃねえか」

　わざと匕首で突く真似をしたが、桃路はその手首を摑んで小手投げのようにして投げ飛ばした。ドタッと石畳で背中をしたたか打った勝次郎は素早く立ち上がると、

「てめえ、なめた真似しやがって！」

　と異様なほど興奮して、摑みかかろうとした。しかし、

「やめろよ、兄貴ッ」

　と背後にいた鶴吉が叫ぶように言った。一瞬、手を止めて振り向いた勝次郎に小走りでよった鶴吉は耳元に何やら囁《ささや》いた。

　途端、勝次郎の顔が驚愕《きょうがく》でひきつり、チラリと峰吉を見てから、

「今日は大目に見てやる。さっさと行きな」

と言い捨てて、境内から立ち去った。堂々とは振る舞っているが、不都合な事態が生じて、逃げ出したようにも見えた。

「ふん。何が大目に見てやるだよ、ふざけやがって」

桃路は憤然と見送ったが、峰吉は震えながらも不思議そうに首を傾げていた。

綸太郎はその出来事を聞いて、奇妙な思いに囚《とら》われた。一緒にいた桃路の見た様子でも、その子供たちは、

――明らかに峰吉の顔を知っていた。

ということである。もちろん、美人局《つつもたせ》もどきのことを仕掛けた時には、気づかなかったが、仲間の少年が峰吉の顔に覚えがあったようで、そのことを頭目格の少年に伝えた途端、逃げるように去っていったというのである。

桃路の目にも、「まずい、逃げるぞ」という雰囲気だったという。しかし、峰吉にはまったく子供たちに覚えなどない。たしかに彼らの態度はおかしかったが、

「私は、桃路姐さんが般若の寅蔵親分のことを持ち出したのでビビッたと思ってただけどす。息がかかってるなどと見栄は張ったものの、まずいことになったら困る。そう判断したのやと思うてました」

と言う。それにしても、あまりの急変した態度は、峰吉も気になっていた。

「とにもかくにも、桃路姐さんが通りかからなかったら、ほんま危ないところでした。ほんま、おおきに」

「たまたま通りがかったんじゃないわよ。私は端《はな》から、あの子たちを尾《つ》けてたのよ。玉八に頼まれてね」

「玉八に？」

綸太郎は桃路の側《そば》に来て縁側に腰掛けた。桃路も綸太郎に負けずお節介やきで、困ってる人を見ると黙ってられない性分だ。そこがお互い惹《ひ》かれている所でもあるのだが、玉八が自ら人様のために動くとは珍しい。

「玉八にとは、どういうことだね、桃路」

「子供たちを束《たば》ねてるのは、勝次郎って子でね……」

玉八の昔馴染《なじ》みだと話した。桃路も深くは知らないが、勝次郎の父親には色々と問題があって、一家離散の憂き目にあったらしい。年頃だった勝次郎は少々、性根がひん曲がりかかったのだが、何度か玉八に救いを求めて来たことがある。

だが、その頃、玉八は余所《よそ》の子にかまってやれるような余裕はなかった。玉八自身が本物のヤクザ者になるかどうかの瀬戸際に立たされていたのだ。

「――玉八が、ヤクザにな」

「その頃、丁度《ちょうど》、私を贔屓《ひいき》にしてくれる客に、ちょっとした顔役がおりましてね。若旦那も名前くらいは知ってるかもしれないけど、花川戸《はなかわど》の親分ですよ。口入れ屋をしてますが、元は江戸で一、二の俠客《きょうかく》と言われた、あのお方です……花川戸の栄五郎《えいごろう》親分ですよ」

花川戸の親分は元々、上州《じょうしゅう》から武蔵《むさし》にかけての広い範囲で、二百人からの子分を抱える渡世人だった。常に百姓の立場に立って、郡代や代官に真っ向から挑む正義漢だった。一度は、お上《かみ》に追われる身になったが、その頃の町奉行と肝胆相照《かんたんあいて》らす仲になったとかで、すっかり足を洗い、日の当たる所で生きている。

もっとも元は裏社会に生きた人間である。足を洗いたくても洗えない者、あるいは、今にも引きずり込まれそうな者の気持ちは、自分のことのようによく分かる。だから、一人でも多くまっとうな人間にしたいと、危うい状態の者を人並みに世間に引き戻したいがために、口入れ屋をしているのだ。もちろん、人足寄場帰りの者たちの後見役も引き受けている。

「そうだったのか。玉八も栄五郎親分の世話になったことがあったんや……で、玉八は何をしてるのや」

「それが、勝次郎の二親《ふたおや》はどこかに生きてるはずだから、探し出して来ると」

「当てはあるのかい」

「私は知らないけれど、昔の長屋の住人や奉公先から、およそのことは分かったとかでね、甲州街道を西へ流れたとか」

「そうなんや……見つかればええな」

「さあ。それはどうかしらねえ」

と桃路はふと寂《さみ》しそうな顔になって、

「人それぞれでしょうけど、必ずしも親と子が一緒にいたからといって幸せになれるとも限らないからね」

まるで自分にも覚えがあるような言い草になった。綸太郎と桃路がしんみりとした雰囲気になったとき、

「あっ！」

峰吉が大声を上げて飛び上がった。

「なんや、峰吉。忙《せわ》しい奴やなあ」

「若旦那。思い出したンですわ。あれ、あれ……」

「落ち着いて喋《しゃべ》りなはれ」

「に、匂いどす」

「匂い？」

「へえ。匂い袋でんがな。差し込みだと思って助けようとした娘の匂いと、あの葵の印籠の押し込み。同じ匂いだったんですわ」

「本当か？」

「若旦那もよう知ってまっしゃろ。私の鼻はよう利くって」

「骨董の目は利かぬがな」

「やめとくれやす。たしかに御家門にしては貫禄《かんろく》はなかったし、供侍や中間までが頬被りってのも後で考えれば妙な話ですわ」

「うむ」

「若旦那……これは、ひょっとしたら、ひょっとして、天網恢々疎《てんもうかいかいそ》にして漏らさず、ってやつとちゃいますすか」

　たしかに妙な風向きになってきた。もし、葵小僧がその子供たちの仕業だとすれば、とてもではないが、刃物の扱いに慣れた札差の江成屋を襲った賊と同じとは思えない。綸太郎は、ようやく自分の中で腑に落ちなかったものが何なのか、分かって来たような気がした。

四

立派な寮の割には、庭の手入れなどはほとんどされておらず、雑草は生え放題で、蜘蛛《くも》の巣や溜《た》まった埃《ほこり》などからも十分に行き届いているとは言えなかった。

根岸にある寮である。何年か前に潰《つぶ》れた大店《おおだな》の寮を、般若の寅蔵がほとんど勝手に占有しているもので、何かしら罪を犯した者を匿《かくま》うときに使っていた。

夜になれば、あたりは何処かの山奥のように静かになる。虫の声がうるさいが、当面、身を隠すには丁度よかった。近くには無縁仏の墓が広がっている空き地があり、気味悪がって人もあまり近づきたがらない。

源太ら子供たちは、まるで賭場《とば》でも開帳してるかのように、盆を振って遊んでいた。いずれ、渡世人になった時は、丁半博打《ちょうはんばくち》の勝負事にも強くならねばならない。それが当然のように遊びながら鍛錬《たんれん》をしていたのだ。

だが、勝次郎だけは一人でぼんやりと、開けっ放しにした障子戸の外の縁側に座って、月を見上げていた。

「勝次郎兄貴だって、本当は気になってるんだろ？」

横に座った忠助が心配そうな顔で言った。

「札差の江成屋のことだよ。俺たちは、たしかにあの店には行ったが……あんな酷《むご》いことはしちゃいねえ。誰かが俺たちの後に押し入ったんじゃねえかな」

「……心当たりでもあるのか」

勝次郎が不審そうに問いかけると、忠助は言いにくそうに、

「兄貴には黙ってたんだが、実は……十日程前に、寅蔵一家の鬼六《きろく》さんに、俺たちのこと、話しちまったんだよ」

鬼六とは、般若の寅蔵一家の子分たちを束ねている代貸しで、前々から勝次郎たちにも目をかけていた。根岸の寮を与えてくれたのも鬼六である。

寅蔵が胴元をしている本当の賭場に顔を出した時である。忠助があまりにも金払いがよいので、

『ずいぶん、羽振りがいいじゃねえか。強請や美人局だけの稼ぎじゃねえな』

『へっ、へっ。ちょいとね』

『なんでえ。勿体《もったい》つけねえで教えろ』

『誰にも内緒ですよ。でねえと、俺たちが……』

お縄になって処刑されると言ってから、自分たちこそが葵小僧だとバラして、その手口

を詳細に話したのである。

　勝次郎はチッと舌打ちをして、忠助を睨《にら》んだ。ガキの頃から、忠助は勝次郎の子分格として常に行動を共にしてきた。隠し事も互いにしたことはない。それゆえ、勝次郎は腹立たしかった。

「すまねえ、兄貴……ごめんよ。でも、鬼六さんだから信用してもいいかと。それに、ゆくゆくは俺たちだって、寅蔵一家の子分にして貰うんだろ？　せいぜい稼いで上納金をもっと持って来いって、励まされたくれえで」

「…………」

「怒ってるのかい、兄貴」

「そうじゃねえ。ひょっとしたら、江成屋の者たちを殺して千両箱を盗んだのは、鬼六さんの仕業かもしれねえな」

「そ、そんな馬鹿な」

「俺だってそんなことは信じたくはねえが、ないとは言えめえ。鬼六さんは結構ずるいところがあるからな」

「そ、そんな……」

「だが、まだ何も分かってねえんだ。俺が疑ったなんてことを喋るンじゃねえぞ」

「そりゃ、もう……」

忠助はとんでもないことを人に話してしまったと悔《く》やんだと同時に、自分たちの身に降りかかってくる危難をも察知した。

「このまんまじゃ、俺たちのせいにされちまうかもしれねえ。町方はそりゃ躍起になって探索してるし……ああ、俺はなんて！」

「そう気にするな。俺たちゃ俺たちの生き様を見せてやるだけよ」

勝次郎は兄貴分らしい太っ腹なところを忠助に見せたが、内心では、いつ自分たちのことがバレるか不安でしょうがなかった。もちろん、自分のことだけではない。兄弟のように暮らしてきた、源太や鶴吉、お松らのことも心配だったのだ。


咲花堂の店内を物色するように、内海弦三郎がうろついているのを、峰吉は胡散《うさん》臭そうに見ていた。小上がりの畳の間で、仕入れたばかりの南部秀衡《ひでひら》椀を眺めながら、綸太郎もちらちらと内海に目を配っていた。

「なんぞ、見つかりましたかな、北町の旦那」

痺《しび》れを切らしたように問いかけたのは、綸太郎だった。だが、内海はその声には答えず、峰吉の側によって、

「何か気づいたことはないか」

「は？」

「葵小僧のことだよ。たしかにな、おまえが見た賊と他の店の者の言うことは一致するのだが、どうも妙な按配《あんばい》でな」

「と申しますと」

「印籠を見せた奴らは、侍にしちゃ華奢だったというのだ。だが、どいつも一瞬のことで狼狽《ろうばい》していたから、よく覚えちゃいない。他に何か手がかりになるものは残してないか」

「いえ、別に……」

「これは江成屋に落ちていたものだがな」

と指先に根付《ねつけ》をぶら下げて、内海は峰吉に見せた。赤、紫、緑、黄などの十種類の色の糸を縒《よ》りあわせて作った根付で、若い者の間で流行《はや》っているそうだ。縁起物として持っているらしく、財布や煙草入れに付けるのではなくて、腕に巻いて幸運のオマジナイに使っているという。

「近頃は、若い者の方が信心深いんだな。あるいは世の中や大人を信じられないから、こんなものに縋《すが》るのか……見た目といい、こんな落とし物といい、若い者の仕業かもしれねえんだが、番頭、何か気づいたことはないか」

「分かりません……」

峰吉は救いを求めるような目で、綸太郎を見やった。

綸太郎は手にしている椀を見ながら、

「こりゃ、まがいものやな」

と確信に満ちた声で洩らした。内海は思わず上がり框《かまち》に腰を下ろし、秀衡椀を覗《のぞ》き込むようにして、

「どこが、どう、まがいものなのだ」

「漆器というものはね、旦那、漆《うるし》を何度も何度も塗り重ねて手間かけて作るから、本当に高価なものなわけですわ。そやけど、高いからというて仕舞っておいては、その値打ちがなくなるんです。重箱、盆、膳、櫃《ひつ》、手文庫、なんでも繊細なぬくもりを味わいながら使われることが作った人の一番の願いなんです」

「…………」

「ですがね、鑑賞するために作ったものは、持ち堪《こた》えることを考えて作らないから、ヤワなものになってしまう……漆器は火には弱いが、陶器のように割れることはない。これこそが、木が生んだ日の本らしい伝統工芸やと思いまへんか」

「なんでえ。講釈を聞きに来たんじゃねえぞ。事件と関わりあると思うではないか」

「旦那が聞いたから、お答えしたまでで」

「なんだと？」

よほど上方の人間が嫌いなのか、内海の綸太郎を見る目はいつも鈍い光を放っている。

さらに何か文句を言おうとするのへ、

「葵小僧も同じじゃと思いましてな」

「なんだと？」

「うちに入った賊がほんまもんなら、江成屋に入ったのは、まがいもんやないかと」

「貴様……押し込みに本物も偽物もあるか」

「本物偽物なんて話はしてまへん」

内海は睨むように綸太郎を見て、苛々《いらいら》と吐息をついた。

「まがいものか、そうじゃないか、の話ですよ。同じ木で作っても、漆の塗り手の手間のかけかたで、まっとうなものか、そうでないかの違いになるんです」

「――おまえさんの禅問答は結構だよ。どうなんだ、番頭。何か手がかりはないか」

峰吉は匂い袋の話をしようとしたが、綸太郎はそれを察したのか、言うなと目配せをした。

玉八はきっと勝次郎という子供が、何か悪さをしたに違いないと確信したのであろう。

そこから、なんとか救い出そうとしているに違いない。綸太郎はそれが何かつまびらかになるまでは、勝次郎たちを同心の手に落とすことはできないと考えていた。

捕まれば、していないこともしたと言わされるのは明らかだったからである。ましてや、内海のような熟練同心の手にかかれば、ポキリと心の支えが折れて、捻《ねじ》れているだけのものも戻らなくなることもある。

「うちを探しておっても、たいしたものは見つからないと思いまっせ。江成屋周辺を洗うた方がええかもしれまへん。あるいは、恨みによる殺しかもしれませんしな」

と綸太郎が冷静に言うのを、内海は腹の底を抉《えぐ》るような目で見ていた。

五

その翌日、浅草寺《せんそうじ》境内で、またもや峰吉にしたと同じような美人局をしていた勝次郎に、険しい目で近づいて来た内海の姿があった。

「おい、小僧」

勝次郎が濁声《だみごえ》に振り返ると、内海がガニ股で参道の石畳を踏みしめるように歩いて来る。その姿は雷門《かみなりもん》の仁王《におう》がそのまま抜け出て来たようだった。

「おうおう、逃げるンじゃねえぞ。俺は北町の内海だ。名前くらい聞いたことはあるだろう。お天道様の下でまっとうに生きてねえ奴らは特にな」

峰吉くらいの年配の男を狙《ねら》って、財布を奪ったところを見られたようだ。しかし勝次郎は、その財布をお松の袖に隠しており、そのまま姿を消させている。が、そのことも内海は承知しているようで、逃げても無駄だぞと恫喝《どうかつ》するように厳しい口調で側に来た。

勝次郎の側にいるのは、忠助と源太だけである。二人とも兄貴分を庇《かば》うように立ちはだかると、幕府の子飼いの犬めと口汚く罵《ののし》ったが、内海は相手にせず、

「ほう。ケツの青いガキのくせに一端《いっぱし》の極道きどりかい」

「なんだと、てめえッ」

「大人への口の利き方も知らないらしい」

と内海は忠助たちの胸をトンと押し返してから、勝次郎をもう一度鋭く睨んだ。

「葵小僧について聞きたいことがある」

と単刀直入に切り込んだ。突っ張っていても、まだまだ子供である。核心を鋭く衝かれて、動揺が走った。

「ほらほら、目が泳いでやがる。な、正直に話せよ。悪いようにはしねえぞ」

「…………」

「俺だって別に血も涙もない同心じゃない。おまえたちみたいなガキには幾《いく》らでもやり直す機会があるんだ。なあ、何もかも正直に話せば、お奉行様にだってお慈悲《じひ》はある。十五に満たない者は親戚預かりで、罪一等減じられる。どうだ、俺を親代わりだと思って、なにもかも話してみねえか」

「だめだぜ兄貴。こんな奴の言うことを信じちゃならねえ」

と叫んだのは忠助だった。二年くらい前に、盗みで捕まった時に、正直に話せば許してやると言われたが、話した途端にブン殴られた上に、ガキだろうが大人だろうが関係ないのだと奉行所の牢《ろう》で痛い目に遭わされた。その時の同心が、「こいつだ！」というのだ。

内海も忠助のことは覚えていたようで、

「それでも反省しねえで、悪さを繰り返してるようじゃ、今度こそ容赦できないな。おい、てめえら、親の顔を見てみたいぜ」

勝次郎たちはケケケと人を喰ったような顔で笑って、

「バカか。親なんかいねえよ」

「いねえ、だと？」

「だから、こうして、てめえたちで稼いでンじゃねえか。褒《ほ》めてくれよ。可哀想な親のない子供がいたいけに生きてンだからよ」

内海には同情のかけらもないのか、見下して突き放したように唾棄《だき》すると、

「おまえらみたいなのを見てると反吐《へど》が出る。世の中にはな、親がいなくたって、まっとうに生きてる人間はゴマンといるぜ。この俺だって物心ついた時には二親はいなかった。要はてめえの心がけ次第だ。性根叩き直してやるから来やがれ」

と十手を勝次郎の喉元に突きつけて、逆らえば無理矢理にでも引っ張って行こうとした時である。人だかりの中から、

「内海の旦那。そいつは、あっしの弟子でして、へえ」

と出て来たのは、玉八だった。いつもは腰まで裾《すそ》をはしょって、手ぬぐいで捻り鉢巻きをしてる玉八が、すらりと着流しで護身用の鉄扇を帯に挟んでいる。

「なんだ、オコゼか」

「旦那までがそう……まあ、いいや。このオコゼが申しやす。そいつは勝次郎と言って、こんなちっちゃな頃から知ってるガキでしてね、話ならあっしに」

「なめるなよ、玉八。おまえみたいな半端者《はんぱ》に、こんなガキは預けられない。それとも何か？　弟子ってのは、コレの弟子か」

と内海は人差し指を鉤形《かぎ》に曲げた。玉八が以前、手を染めていたことを知っているようなロぶりである。

「旦那。そんな目で人を見ると、ガキどもは余計、ひん曲がってしまいやす。いや、言っときやすが、こいつらは曲がってやせん。へえ、何の咎《とが》でお連れになるんですか？　証《あかし》がないなら、ご勘弁下さい」

いつものへりくだった玉八と違うことに違和感を感じたのか、内海は気味悪げに見やるが、どうでも勝次郎を番所へ連れて行くつもりだった。

「あっしでご不満なら旦那、花川戸の栄五郎親分の所ならどうでしょ。丁度、この辺りは親分の〝シマ内〟だ。呼んで来ましょうか」

内海は一瞬、ためらった。花川戸の親分と言えば、町奉行や町名主も一目置くほどの人物だ。ただの口入れ屋とはいえ、元は裏社会の大物でもある。下手すれば、同心の一人や二人の出処進退を決めるのは容易《たやす》いことかもしれぬ。

「玉八……おまえ、見栄で言ってんじゃないんだろうな」

「花川戸の親分は恩人でして」

「…………」

「どうでしょう。もし、こいつが悪さをしてるなら、あっしも一緒に後で旦那の所へ出向きます。ここの所は、幇間玉八の顔を立ててくれやせんか」

「ケッ。幇間ごときが……」

内海は非難をしかけたが、他に狙いがあったのであろう。ここは引く一手だと考えたのか、軽く罵声を浴びせながらも、一旦は引き下がると立ち去っていった。

勝次郎は特段、玉八に礼を言うでもなく、仲間を連れて、その場から逃げるように参道を歩きはじめたが、

「待ちな、勝次郎。話がある」

と二の腕を摑まれた。勝次郎は無言のまま振り払ったが、先日、札差江成屋の近くで会った時とは違った真剣な顔の玉八に少したじろいだ。

「盗んだ財布があるなら、俺が預かって後で返してやる。下手すりゃ首が飛ぶぞ」

「なんだよ、てめえも同じかよ」

「お松って娘が持ってるなら、さっさと返せ。でねえと、可愛い子分たちも一緒に地獄行きになるんだぜ」

「うるせえ」

「本当に死罪だ……江成屋のことだ」

勝次郎はギクリとして玉八を見たが、何も答えない。玉八は不安に眉《まゆ》をひそめて、

「まさか、本当におまえらが」

「ふ、ふざけるなッ。俺たちは」

思わず口をつぐんだ勝次郎の顔を玉八はまじまじと見据えて、

「俺たちはなんだ？　金魚の糞か？」

と玉八は、いつもは桃路姐さんに言われていることだと思いながら、忠助と源太を見やった。

「勝次郎、おめえ、寅蔵一家の傘の下じゃなきゃ、何もできやしねえのか？」

「！……なんだと」

ぞっとなるほど目がギラリとなる勝次郎に、玉八は淡々と、

「そんな顔を、親父やおふくろに見せられるかい」

「…………」

「おまえの親のことで話がある。会いに行ったんだがな……」

「今更、聞きたかねえよ」

勝次郎は自棄《やけ》気味な声で突っぱねようとしたが、玉八に一枚のお守りを出されて、凍《こお》りついた。湯島天神のもので、端布《はぎれ》で縫《ぬ》った小さな袋に入れてあった。

「同じものを、おまえも持ってるだろ。生き別れになってる妹や弟と同じもんだ」

俄に、表情に翳《かげ》りが広がった勝次郎は一瞬、蠟燭《ろうそく》の炎のように心が揺らめいた。だが、その火を吹き消すように、

「俺の首が飛んだら、なんだってンだ。オオッ。それこそ、てめえにゃ関わりねえじゃねえか！　二度と俺の前にそのツラを出すな。気色悪くてしょうがねえんだよ！」

まとわりつくゴミでも払いのけるように手を振って、勝次郎は忠助たちを引き連れて、参道を雷門の方へ立ち去った。

深い吐息で立ち尽くしていた玉八は、参拝客の人波の中に、桃路の姿を認めた。玉八は見られていた恥ずかしさで苦笑いを浮かべたが、もう一度、雷門の方に目を戻した。

勝次郎たちの姿はもうなかった。

六

浅草寺境内の奥山《おくやま》は、回向院《えこういん》にほど近い両国橋橋詰め広小路と並ぶ大繁華街である。水茶屋、矢場、見世物小屋などが建ち並ぶ通りには、観音様のご開帳の時かどうかに関わりなく、足の踏み場もないほどの賑《にぎ》わいだった。

その一角に、「湖東《ことう》」という小料理屋があって、初鰹《はつがつお》を食えるというので、桃路が綸太郎と玉八を誘ってきていた。初物を食べると七十五日長生きをするという。

「なぜ七十五日か知らないけど、きっとただの迷信なのね、ふふ。でも綸太郎さんには長生きして貰いたいから、奢《おご》っちゃうわね」

玉八を慰めるために、あえて明るくふるまう桃路だが、どうやらかえって落ち込ませたようだった。

初鰹と言えば、有名な歌舞伎役者が一本に三両も出したという噂があったほど、庶民には手が届かないものだったが、この湖東は季節の旬の物や初物を、町人の懐でも食べられるよう仕入れてくる。

湖東という屋号は主人の出身である琵琶湖《びわこ》東湖畔の小さな村からつけたらしいが、さすがは近江《おうみ》商人の出である。儲けを度外視して、よいものを人々に広く提供してくれるというところか。

「おい、玉八。こんな美味《うま》いもの、食わんのなら俺が食べてしまうよ。さすが江戸や。京ではなかなかお目にかかれまへん」

綸太郎は実に嬉しそうに生姜醬油《しょうがじょうゆ》でつるりと平らげて、玉八の皿にまで手を伸ばすと、玉八はさすがに拒絶の目で睨んで、

「食べますよ。あっしの一の好物ですから」

とブツブツ言いながら、酒と一緒に食べはじめた。そんな玉八に、さりげなく勝次郎のことを尋《たず》ねた綸太郎は、自分もあの年頃の奴のことが気になると言った。

老舗《しにせ》のぼんぼんの綸太郎には縁のないことかもしれない。しかし、綸太郎には父親が妾《めかけ》に生ませた腹違いの弟がいた。が、親に捨てられたがためにネジ曲がってしまって、いまでは行方も分からない。そのことは誰にも話していないが、綸太郎の心の傷にもなっているのだ。綸太郎が京を飛び出して諸国を回ったのも、ひょっとしたら何処かに、血の繫《つな》がりのある弟を探したい気持ちがあったのかもしれぬ。

「あれは三年も前のことかな……奴はまだそれこそ十二、三のチビでね、ある夜、バッタリ会ったンだよ」

と玉八は、つい夕べのことのように、その雪の夜のことを話し出した。

その頃、玉八は、寅蔵一家の息のかかっていた遊び人の使い走りをしていて、他の一家との〝出入り〟があった時も忠犬のように一緒に働いた。

「その喧嘩《けんか》を、奴は……勝次郎はたまたま見てたらしいんだ。刃物で斬り合ったから、こっちも怪我をしてる。その血だらけの俺の前に、駆けつけて来るガキがいやしてね、それが勝次郎だった」

まだ生々しい喧嘩の後だった。玉八の着物や顔、手足には血がベッタリとついていた。

さすがに、その時は声をかけそびれたようだが、二、三日後に玉八のもとを訪ねて来た。

『お願いです、玉八さん！　俺を子分にしてくれ。俺、本当の男になりてえんだ！　強くなって、親のない俺たちをバカにしてる奴らを見返してやるんだ』

勝次郎はヤクザの出入りを垣間見《かいま》て、自分の生きる道はここにあると思ったという。玉八が自分の兄貴分に引き合わせることは簡単だったが、

——このままじゃ、いけねえ。

と思い始めていた頃だから、玉八はあえて冷たくあしらった。

『おめえみたいなガキじゃ話にならねえ。どこぞの蕎麦《そば》屋にでも奉公して、まともに生きるンだな』

それでも、しつこく頼んで来るので、ボコボコに殴ってやった。痛い思いをすれば懲《こ》りるだろうと思ったが、それでも毎日のように訪ねて来た。賭場や飲み屋の前で待ち伏せされたこともある。遊び人仲間には、恩人の息子だから手を出すなと言っておいたが、あまりにも周辺をうろつくので、玉八の兄貴分の方が目をつけ始めた。

だから、玉八は、勝次郎を悪い仲間から引き離すようにして、自分も足を洗おうとした。だが、なかなか兄貴分は許してくれない。人殺しや押し込みも押しつけられるようになったので、玉八は仲間から逃げ出した。そして、知り合いの船頭に、勝次郎の面倒を頼んだのだ。

「それが……この前、札差江成屋の前で見かけて……だが、どうも様子がおかしいので、

ちょいと調べてみたが、左官の下働きなんぞしてねえ。どうも、寅蔵一家の者に可愛がられてるようなので、なんとかして、俺は……」

「足を抜けさせたいのやな。今なら、まだ深みにははまってへんから」

綸太郎にそう言われて、玉八はこくりと頷いた。

「で、玉八。おまえが探してた二親ってのはどうだったんや」

「それが……父親の行方は相変わらず分からないんですが、母親は……」

「分かったんか」

「へえ。分かったんですが、もうこの世にはいねえんです」

高井戸《たかいど》の宿《しゅく》で、働くだけ働かされた挙《あ》げ句に、流行病《はやりやまい》で死んだという。

「勝次郎が顔を出さなくなったと思ったら、寅蔵一家に出入りしていて、強請たかりを……」

「…………」

「あそこまで、酷《ひど》くなったのは俺のせいだ……もう少しマシな所へ、引き戻してえんだ。まだ遅くはねえ……」

綸太郎はしみじみと玉八を見て、その心の奥を察しながらも、こう尋ねた。

「おまえは知ってるんやな。葵小僧が奴らの仕業だってことを」

「!……」

「そうなのやな」

「ま、待ってくれ。印籠は偽物か、どっかで拾ったものか、俺には分からねえ。それで悪戯《いたずら》をしたんだろう。寅蔵一家に上納する金欲しさに」

「上納金?」

「寅蔵はね、金を持って来る代わりに、てめえの代紋を渡すンですよ。そうやって子分を増やして来た。若い奴らにとっちゃ、寅蔵一家の半纏《はんてん》は宝ものだ。それを着るだけで、逆上《のぼ》せあがっちまうくらいだから」

「………」

「だけど、奴らは、決してやってねえ、江成屋でやったような、あんな残酷なことは。だから、今ならまだ……」

綸太郎と桃路は顔を見あわせて頷いて、

「おまえの考えは甘いかもしれへんが、まがいものやないことを、確かめてみようやないか。なあ、玉八」

「………」

「どん臭うて、肝ッ玉の小さい奴やと思うてたが、おまえも、ええとこあるやないか。見直したで」

「へ、へえ……若旦那、桃路姐さん……ありがとうございやす。このご恩は……」

「初鰹もう一皿くらいにしといてやるよ」

と言って桃路は小さなえくぼを作った。

七

寅蔵一家という立派な軒看板がある。まるで大店《おおだな》の店構えのような設《しつら》えで、その屋敷は寛永寺坂に面して、まさに威風堂々としていた。

表は常に水打ちがされ、埃を鎮めており、夜になれば足下が明るいように、町灯籠を二つも立てている。玄関入り口には、両側に立派な提灯を下げ、まるで大名が泊まる本陣と見まがうようだった。

その奥の一室で、勝次郎は親分の寅蔵の前にいた。

箱火鉢の前にデンと座った寅蔵は、一見、大店の主人のような清潔な風貌で、眼光が鋭いという他は、どう見ても堅気《かたぎ》である。しかし、体全体から発する熱のようなものは炭火のようにキリキリと痛く、目の前で正座している勝次郎の膝の震えは止まらなかった。

「そんなに堅くならなくてもいいよ」

低い声だが、優しく柔らかだった。寅蔵に促《うなが》されて、勝次郎は頭を上げた。

「なかなかの面構《つらがま》えじゃないか。うむ。大物になれるぜ。この寅蔵が言ってンだから間違いねえよ。なあ、鬼六。いい若い者を連れて来てくれた」

寅蔵が下座で控えている鬼六を褒めるように言うと、

「あ、ありがとうございます」

と勝次郎は緊張の声を洩らした。

「で、聞きたいこととはなんだい」

「へえ。叱《しか》られるのを承知でお尋ねします」

「叱ったりするもんかい。おまえは見所があるからな」

勝次郎はもう一度、頭を下げて、覚悟を決めたように話を切り出した。

「俺たち、実は、葵の御紋の印籠を使って、騙りを……」

と言いかけると、寅蔵は掌を突き出して遮《さえぎ》って、

「ああ。その事なら承知してるよ」

「え?」

「鬼六から聞いてな」

「あ、はい……で、先日、江成屋という浅草橋の札差が惨殺されたのですが、あれは俺たちの仕業じゃありません」

「分かってるよ」

「は？」

勝次郎が不思議そうな顔をするなり、寅蔵はあっさりと言った。

「おめえたちのせいじゃねえよ。やったのは、こいつらだ」

と鬼六とその後ろに控えている数人の子分たちを指した。

「ええ!?」

「驚くことはねえやな、勝次郎。俺がやらせたことだ」

衝撃のあまり、唖然《あぜん》と見つめている勝次郎を、寅蔵はニヤニヤと手懐《てなず》けるように笑いかけながら、

「しかし、考えたもんだな。葵の印籠とは。それは、何処で手に入れたんだ」

「あ、いえ……鶴吉という俺の子分が……へえ、手先が器用なもので」

「そうかい。難なく店に押し込めるからな、蔵の鍵さえ戴《いただ》きゃ、赤子の手をひねるより簡単なことだ」

鬼六たちは、勝次郎たちが金を持ち逃げした直後、店の者が潜り戸を閉める前にすぐさ

ま押し込み、蔵の鍵を奪い、逆らったものは皆殺しにしたのだという。

凝然となって心の臓が飛び出しそうになった勝次郎は、ぶるぶると全身が震えて来た。その前にのっそりと寅蔵が近づいて、ポンと気さくに肩に手を乗せた。

「そんなに驚くことはあるめえ。これからは、おまえたちだけに、押し込みをやらせてやるから、楽しみにしとけ」

勝次郎はますます震えが激しくなって、何をどう話してよいか、頭の中まで真っ白になってきた。その震える手を力強く握ってやった寅蔵は、

「なに。人を殺すことなんざ、すぐに慣れらあな」

と耳元に囁《ささや》くように言って、おいと鬼六に目配せをした。すると、隣室から、山吹色の生地に真っ黒な文字で、『寅蔵一家』と染め抜かれた半纏を持って来た鬼六は、そっと勝次郎の背中に掛けてやった。

「…………」

「どうした。あんなに欲しがってた半纏じゃねえか。そのために、上納金を納めて来たんじゃねえか」

と鬼六は両肩に手をあてがって、

「ほれ。手を通してみな」

震えてなかなか動けない勝次郎の手を鬼六は支えるように持って、半ば無理矢理半纏を着せた。

「これで晴れて、寅蔵一家の舎弟だ」

「………」

「なかなか似合うじゃないか。これからも益々、男を上げるンだぜ」

寅蔵がそう励ますと、鬼六ら子分は怪しげな笑みを浮かべて、それぞれが励ましの言葉を投げかけていたが、勝次郎の耳にはまったく入って来なかった。頭の中でガンガンと半鐘のような音が響いているだけであった。

「やったじゃねえか、兄貴。アッハハ、これで俺たちに怖いものなんざねえ。な、源太、鶴吉、お松。これからも俺たちゃ、兄貴についてくぜ、なあ！」

忠助がはしゃぎながら、勝次郎の半纏の袖や襟《えり》に触れながら、

「ほらほら。もっと胸張ってよう。肩で風切って歩こうじゃねえか。さあ、お松、ここへ来い」

源太と鶴吉が、お松の手を取って、勝次郎の隣に並べてやる。

「はは。立派な若夫婦だ。立派な一家の親分と姐《あね》さんだ」

と忠助はますますはしゃいで、「俺が一の子分だからな」

「いや、俺の方が兄貴と先に知り合ったンだからな。俺が一の子分だ」

「いや、俺だ、俺」

などと源太と鶴吉も実に楽しそうにふざけながら大通りを闊歩《かっぽ》している。往来の人たちは、その半纏を見て、少し遠巻きに歩く。傍若無人にゲタゲタ大声を上げていても、誰も文句なんぞ言わない。源太はそれがなんとも楽しそうで、笑い声もわざとらしく調子づいてきた。

だが、当の勝次郎だけは、どこかうら寂しい顔になって、

「おめえら。これで、奥山にでも行って、うまいもん食って来な」

と財布から小判を一枚出して手渡した。

「兄貴は？」

「ちょいと一人になりてえ。後でな」

子供が小判などを持っていると、いや子供でもなくとも、怪しまれるものだ。だが、源太たちにはもう寅蔵一家がついている。そう浮かれたまま、子供たちは跳ねるように立ち去った。だが、お松だけは勝次郎の内心が分かったのであろう。

「あんちゃん……大丈夫？」

「心配するねえ。ふふん。嬉しくってよ。ちょっくら、喜びを噛《か》みしめたいだけだ」

そう受け流して、背中を押してやった。

勝次郎はそのまままっすぐ根岸の寮に帰って、半纏を脱いで、丁寧に衣桁《いこう》に掛けると、縁側に座ってしみじみと仰ぎ見た。

「…………」

あれほど欲しがっていた寅蔵一家の半纏だが、どこか白々しさを感じていた。山吹色の輝くような色が薄汚れたものに見えた。と同時に、

——本当に、これから大丈夫なのか。これでよかったのか。

と一抹の不安を覚えた。寅蔵の「人を殺すことなんざ、すぐに慣れらあな」という言葉が鼓膜にへばりついているからである。

どんな悪辣《あくらつ》なことをしても、人殺しだけはいけないと思っていた。同じ死罪とはいえ、盗みとは違う。巷で、葵小僧と呼ばれるように、印籠を使った悪さでも、

——あれは、向こうが徳川一門と勘違いして、思い込んで、世のため人のために出しただけで、盗んだわけではない。

という屁理屈《へりくつ》を自分の中ではつくり上げていた。しかし、印籠を見せて押し入って、人を殺して千両箱を奪うとなれば、これは渡世人稼業ではなくて、明らかに押し込み盗賊の

類《たぐい》だ。勝次郎は強い男にはなりたかったが、人殺しや盗賊になりたかったわけではない。だが、その思いも空《むな》しく感じた。自分ではどうしようもない蟻《あり》地獄に、じりじりと引きずり込まれるような気がして来たからである。

「これもまた、俺の運命《さだめ》なのかもしれねえな」

ひとり呟《つぶや》いた時である。西陽が射してきた中庭に、ぽつねんと立っている人の気配に、勝次郎は振り返った。

綸太郎が立っていた。

「?……」

訝《いぶか》しげな目で見ていた勝次郎は、江成屋の野次馬の中にいたと思い出したのか、明らかに動揺したが、懸命にそ知らぬふりをしようとしていた。

「江成屋の前で会っただけじゃない」

と綸太郎の方から声をかけ、「おまえさんたちが襲った神楽坂咲花堂の主人てことも、知ってるのやろ？　何処を獲物にするか、下調べをしたんやさかい」

「…………」

「ま、うちのような小さな所帯なら分かるが、よう札差なんぞ狙うたなあ。後で聞いたら、あの日はほんとは夫婦二人だけしかおらんはずやったんやが、商いの都合でたまたま、手代らが出かけないでおったらしいな」

「……何の話だい。いきなり人の屋敷に踏み込んで来てよ」

「これは済まなかった。表から声をかけたのやがな」

「帰ってくれ。誰か知らねえが……」

と言いかける勝次郎に、綸太郎はすうっと近づいて手にしていた風呂敷を差し出し、

「玉八から預かって来たものや」

「——玉八？」

「ああ。これまた縁かな。俺とはちょっとした知り合いでな。おまえのことを心配して、色々とやってたみたいやが、顔を合わせるとまた頭に来て殴るかもしれへん。おまえも突っかかって来て喧嘩になったらかなわんと、俺が託されたのや」

勝次郎は縁台に置かれた風呂敷包みを開けようともせず、帰ってくれと言うだけであった。綸太郎とて子供の使いではないから、ああそうですかと帰るわけにはいかない。

「おまえの……お母さんが仕立てたものらしい」

と風呂敷をさらりと広げて見せた。

そこには、決して上等とは言えないが、群青《ぐんじょう》の生地に井桁《いげた》の文様をあしらった紬《つむぎ》の着物が、きちんと折りたたまれてあった。

「おまえが十五になったら渡そう。そう思って丁寧に仕立てていたらしいぞ」

「…………」

「お母さんは高井戸にいたらしいが、おまえは知らなかったんか？」

「さあね。俺には親父もおふくろも……」

「いるから生まれたんやないか。まあ、そう毛嫌いせんと話くらい聞いてくれ」

綸太郎は丁寧に着物を広げて見せ、指先で優しく触れながら、

「体はあまり丈夫じゃなかったらしいが、一生懸命に辛《つら》い水仕事をしてたんだ。おまえのことは一時も忘れたことがないと、周囲の者に洩らしていたらしいぞ」

勝次郎は着物をまともに見もしようとしなかったが、綸太郎は続けた。

「夜なべばかりをして、おまえのために作っていたらしい。だけど、そのおふくろさんも、もう一年も前に亡くなってたんやと」

「！……」

激しい衝撃を受けた勝次郎は、何かが喉につっかえたように綸太郎を振り返った。しばらく睨むように見ていたが、悔《くや》しさが込み上げたのか、ぐっと拳《こぶし》を握りしめて太股《ふともも》に叩きつけた。

「最期の方は、ずっと、おまえたち子供の名を呼んでばかりいたらしい」

「…………」

「玉八だけやない。湯島の長屋の皆さんも、心配してる。どないや、こんな所でクダを巻いてるより、幼い頃から知ってる長屋で暮らしてみては。いつかは必ず妹や弟とも一緒に……」

「うっせえんだよ！」

と勝次郎は立ち上がって畳を蹴《け》って、

「長屋の皆さんがだとオ。ちゃらちゃらぬかすんじゃねえッ。あの時、知らん顔をしてたのは、何処のどいつか、あんた知ってンのか」

「あの時？」

「ああ。変な奴らが来て、おふくろを連れてった時だよ」

勝次郎は湯島坂下の小さな長屋に住んでいた頃のことを強烈に想い出していた。

ならず者が数人、押し寄せて来て、嫌がる母親を引きずって連れ去ろうとした。父親が長年かけて作った借金のカタとして、母親を場末の女郎屋で働かそうとしたのだ。まだ幼い弟や妹は訳が分からなかったが、十二歳の勝次郎にだけは薄々理解ができていた。

『おっかあを放せ、このやろう！』

勝次郎は必死にならず者にくらいついたが、敵《かな》うわけがない。ぶっ飛ばされて蹴られて、地べたに這いつくばらされた。

だが、長屋の住人たちは止めるどころか、恐々と見ていただけだった。玉八だけは少々腕に自信があったから、勝次郎を庇ったが、多勢に無勢、ボコボコに殴られた上に、

『余計なことをしねえ方が身のためだぜ。借金のカタなんだ。どっかに姿をくらました亭主のよう』

と怒鳴られて借用書まで突きつけられた。

『おっかあ……母ちゃん！』

泣いて追いかける勝次郎は、玉八にしっかり抱き留められた。

「あれから、おふくろが何処でどうなったか知りたくもねえや。弟もどっかに奉公させるなんぞと遠縁の者が連れて行き、妹は……妹は……持病の心の臓が悪くなってすぐに死んだ……虫けらみたいにな……」

勝次郎は悲しみよりも怒りを体中に蓄《たくわ》えていたようだった。わずか十五、六の切羽詰まった表情に、綸太郎はしばし言葉を失った。

「同情なんて、まっぴらご免だね。手助けもせず、おふくろが連れ去られるのを黙って見てた奴らなんか……」

と勝次郎はバンともう一度、床を蹴って、「何が長屋の皆さんが心配してるだッ。ふざ

けるな！」

「…………」

「信じられるのは、てめえの力と、金だけだ」

「そんなことは……」

「違うか!?　金さえあれば、おふくろだって、妹だって死ななかったはずだ！　力があれば、あんな手合いはやっつけられた。だから俺は……！」

勝次郎は更に拳に力を込めて、手当たり次第に柱や壁を叩いた。

「だがな、玉八だけは信じてる。おまえは知らへんやろが、奴もとんだ地獄道に落ちかかったことがあるのや。一端《いっぱし》のヤクザ面してるところを、おまえに見られて、これじゃいけないと思って、すっかり足を洗ったそうや。ま、それでも少々の悪さはしてたようやけどな」

と綸太郎はそう言って、衣桁に掛けられている半纏を見た。

「そんな薄汚れた半纏より、おふくろさんが縫ったこの着物の方が、おまえにはよう似合うと思うけどな」

澄みきった綸太郎の目に耐えきれず、思わず勝次郎は目を逸らして、

「帰ってくれ……あんたに説教される覚えはない……とっとと帰れ！」

と怒鳴った。が、その瞳に朝露のような涙が溢《あふ》れてくるのを綸太郎は見た。自分ではど

うしようもない悔しさと悲しみが漂っていた。

綸太郎は着物を縁側に置いたまま、そっと立ち去った。

八

勝次郎が神楽坂に姿を現したのは、それから三日程後のことだった。

咲花堂の近くをうろついているのを、店の中から、番頭の峰吉が気づいた。先日、美人局の真似事をしたガキだということは分かったが、着ている半纏を見て、峰吉はたじろいだ。

——ひょっとしたら仕返しに来たのかもしれない。若旦那が余計なことをするから。

そう思った峰吉は表戸に鍵をかけて、裏口からそっと抜け出して、綸太郎が茶器を持って訪ねている得意先の料亭へ向かおうと、三日月坂を下りはじめた時である。

「待ちなよ」

と勝次郎が立ちはだかった。

峰吉はそ知らぬ顔をして通り過ぎようとしたが、相手はいきなり袖に隠し持っていた匕首を抜き払って突きつけた。まだ陽の高い昼下がりである。ギラリと銀色に輝いた刃物の肌を峰吉は吸い寄せられるように見て、わなわなと震えた。

「おた、おた……すけ……」

叫ぼうとしたが声にならない。神楽坂は狭くて小さな坂が入り組んでおり、人通りが急に途絶えることがある。

じりっと峰吉に近づきながら、必死に睨みつける勝次郎の脳裏に、

『度胸試しに、咲花堂の番頭を殺して来い』

という声が響いた。鬼六の声である。

綸太郎に説教されても、ヤクザ者になると腹を決めた勝次郎は、寅蔵一家を訪ねた時、こう言われたのである。

『強請騙りなどというショボいことはしなくともいい。これからは、たんまり金を持ってる奴から戴く。それがおまえの仕事だ』

鬼六は篤《とく》と言い聞かせるように語った。

『大店に押し入りゃ、刃物を使わなければならねえ時もある。鍛錬してなきゃ、イザって時に使いものにならねえ。日頃の心構えが大事なんだ』

だから、手始めに峰吉を殺せ、となったのである。鬼六は勝次郎を放置していたわけではない。玉八をはじめ、咲花堂がじわじわと接触していることを懸念していた。まして咲花堂は〝葵小僧〟が襲った所でもある。厄介《やっかい》な芽は摘んでおいた方が、寅蔵一家のために

もよいと判断したのだ。

勝次郎ははじめ躊躇していたが、

『この半纏を着るということは、そういうことなんだぜ』

と度胸をつけろと鬼六に強く命じられ、まっさらな匕首を手渡された。

『てめぇの生き様を真っ赤に染めていけ。真っ赤な生き様をな』

勝次郎はその声をもう一度、胸の裡《うち》に蘇《よみがえ》らせて、匕首を握り直した。

「おた……おた……」

峰吉は尻餅《しりもち》をついて、その場に倒れた。すかさず勝次郎は襲いかかって、馬乗りになって胸を目がけて構えた。

「ヒエッ……ひえええ」

思わず目を閉じた峰吉を見下ろして、勝次郎は何か意味不明な声を洩《も》らしたが、握りしめたままの匕首で突き刺すことはなかった。

「——で、できねえ」

喉がカラカラになって、勝次郎は峰吉から離れると、匕首を鞘《さや》に戻して一目散に逃げ出した。背筋に震えが走り、三日月坂を振り返ることもなく、そのまま路地へ消えた。

「とんだ災難だったな」

　綸太郎は、得意先まで駆け込んで来た峰吉を笑って迎えた。

「わ、笑い事やあらしまへんで、若旦那ッ。もう一端の極道面《づら》してました。ほんま、あんなんが、うろついてたら命が幾つあっても足りまへんがな」

「それでも、途中で止《や》めたのやろ？」

「へえ。そりゃ、そうですが……」

「だったら、ええやないか。まだまだ迷うてる証やないか」

「若旦那は私よりも、あんなガキのことが大切なんどすか」

「そりゃそうだよ」

　一瞬、凍りつく峰吉に、

「洒落《しゃれ》だよ。本気にすな。で、勝次郎の他には誰もおらんかったのやな」

「そんな、周りを見る余裕なんぞ、ありまへんでした。でも、寅蔵一家の半纏を着てたんですよ。また、いつ同じような目に遭うか。若旦那も余計な事に首を突っ込むから……」

　綸太郎は吐息で聞いていたが、このまま放置していては本当にマズいと思った。

「玉八が一時、ひんまがったのも、親の愛情が足らなかったからや。そやから、温かそうな一家団欒《だんらん》を目《ま》の当たりにすると、無性に腹が立って、腕力にモノを言わせて暴れていたらしい」

峰吉は我関せずという顔で聞いている。

「お先真っ暗な穴蔵の中で藻掻《もが》いて、それでもどうしようものうてな……そやさかい、勝次郎のことも気になるのやろう……夢もなく、盗みや美人局をするしかない子供たちのことが」

「…………」

「人間てのはな、最後の最後は己の器量が問われる。勝次郎も、そこんところで戦こうてるのと違うかなあ」

綸太郎の言葉に、峰吉は少しだけ、人のことを素直に救いたいと思うお節介なところがエエところやと感じ入ったが、口には出さなかった。

九

ガッンとぶん殴られて吹っ飛んだ勝次郎は、頭を柱にしたたかぶつけた。

怒りの顔で拳を振り下ろしたのは鬼六であった。

「やる気がねえンなら、その半纏は返して貰おうか、のう勝次郎。その代わり、おめえに目をかけてやってた俺のツラは汚されたんだ。足抜けと同じように、それなりの落とし前はつけて貰うぜ」

頭を抱えてうずくまる勝次郎の周りには、子分たちがずらりと取り囲んでいて、その脇腹や背中を蹴りつけた。ゴホゴホと咳き込む勝次郎の脇を抱え上げて、もう一発、鳩尾《みぞおち》に拳を打ち込むと、

「散々、親分に面倒を見てもらったくせによ、代紋背負った途端に怖《お》じ気づくとはな！」

「す、すみません……」

勝次郎は、箱火鉢の前に座って冷ややかに見守っている寅蔵を見て、何度も頭を下げたが、鬼六の腕は止まらなかった。

「強請にしろ、美人局にしろ、てめえ一人でやって来たことだと勘違いするなよ！　俺たち一家の目が光ってるから、てめえらみてえな小僧でも出来たんだ」

必死に鬼六を振り払った勝次郎は、寅蔵の前で土下座をして、

「お願いだ、親分。俺はどんな手を使ってでも金は持って来る。大店に忍び込めって言うなら忍び込む。でも、人殺しだけは勘弁して下さい。忠助や源太たちにも、嫌な思いや危ない真似はさせたくねんだ。だから……」

「てめえの都合ばかり言うんじゃねえ」

と寅蔵はポンと煙管《きせる》の吸い殻を火鉢に捨てた。

「なあ勝。十両盗みゃ死罪だ。てめえら、もう何度死んでも償《つぐな》えねえ程の罪を犯して来てんだぜ。今更、綺麗《きれい》事を並べたところで、お縄になりゃ同じ死罪だ。どう足掻《あが》いたって逃げ道はねえんだよ」

「い、嫌だ……殺しだけは嫌だ！」

勝次郎は必死に頭を床につけて哀願したが、また鬼六に殴られただけだった。目の上や唇が青白く膨《ふく》らんで、顔中に血がこびりついていた。

「どうでも嫌だと言うなら、おまえたちを始末するしかねえな。葵小僧としてな」

それでも寅蔵を信じているのか、勝次郎は一生懸命に殺しだけは勘弁して欲しいと頼み続けた。しかし、子供をいいように使っていた寅蔵一家が、情などかけるわけがない。

さらに鬼六が勝次郎の腹を蹴り上げたときである。

「その辺にしとかないと、ほんまに死んでしまいますがな」

と声があって、中庭に綸太郎が立った。

ギラリと見やった寅蔵は煙管をふかしながら、

「勝手に入って来やがって。誰だ、てめえは」

と凄《すご》みのある声で言った。綸太郎はそれには答えず、

「どうだ勝次郎。底なし沼に入って初めて気づくんだ。自分のアホさ加減にな」

子分たちが罵声を浴びせながら、綸太郎を取り囲んだ。勝次郎はそれを啞然とした目で見ている。

「道に迷ったら、戻ればええ。それでも迷えば、一つの灯りを探すのや」

「…………」

「おまえは間違ってたと気づいた。そやから、仲間の忠助たちだけは、助けたいと思うたのやろ？　心配すな。玉八がみんなを匿《かくも》うとるさかいな」

「てめえ。ここを何処だと思ってやがンだ」

鬼六が摑みかかってくるのを、綸太郎は軽く足払いで倒した。庭石で、したたか腰を打った鬼六は情けない悲鳴を上げた。間を置かずに、他の子分たちが綸太郎に躍りかかったが、掌底や裏拳を受け、急所に蹴りを受けたりして、バタバタと将棋倒しのように崩れた。

ほんの一瞬のことに、勝次郎は驚嘆して腰を浮かしていた。

ゆっくり立ち上がった寅蔵は傍《かたわ》らの床の間から長脇差を握って、無言のまま綸太郎を睨みつけながら中庭に降りて来た。

「誰だ、てめえ……」

「言わぬかて分かっておいででしょうが。この一家の〝誰か〟に、うちの番頭が殺されかかったのや」

「そんな下らねえことで、命、落としに来たのか」

寅蔵はおもむろに刀を抜くと、カッと威嚇《いかく》する奇声を上げて、斬りかかって来た。同時に鬼六が背後に回ったが、子分たちは起き上がって来なかった。騒ぎに、他の十数人の子分たちが現れて、思い思いの刃物を手にして綸太郎を取り囲んだ。

「よう見ときや、勝次郎。こいつらは、任侠《にんきよう》を気取ってるが、ただの人殺しに押し込みや。花川戸の栄五郎親分とはえらい違いやないか」

「ふん。あんな隠居爺イと一緒にすんじゃねえ。こちとら、タマ張って生きてんだ」

踏み込んで来る寅蔵の刀をぎりぎりのところでかわして、背後から来る子分の短刀を小手投げで奪い取ると、小太刀の構えで対峙した。足場が悪い。一斉に踏み込んで来られたら、避けようがない。

「よく見ろ、勝次郎。これが、おまえの憧《あこが》れた強い男か。人を見返せるような立派な男なのか。どうなんだ」

勝次郎はどうしてよいのか、ただ呆然《ぼうぜん》と見守っているだけであった。だが、心の中では逃げ出したいという思いと、何とかしなければならないという葛藤《かつとう》があった。

その間にも、綸太郎が無惨に殺されるかもしれない。何の関わりもない自分のために、命を賭けようとしている男が目の前にいる。その潔《いさぎよ》さに勝次郎はたじろいだ。

「よく目を開けて見るがええ。こいつらは、まがいもんや。人は人様の役に立ってこそ、値打ちがあるのや。茶器や漆器かて同じやぞ。人様の役に立つモノはええもんや。そうじゃないもんは、いずれボロが出る。こいつらみたいにな」

綸太郎の間合いに飛び込めないでいる寅蔵一家の若い衆は、腰が引けて怒声だけが激しかった。一刀流と浅山一伝流《あさやまいちでん》体術を物心ついた時から嗜《たしな》んでいる綸太郎である。生半可な奴らの敵う相手ではなかった。

若い衆が手をこまねいているうちに、玄関や廊下から激しい声が起こった。

「御用だ、御用だ！」

北町の内海が岡っ引や捕方を引き連れて乗り込んで来たのである。怒声は浴びせるものの若い衆たちは浮き足立っている。所詮はつまらぬ寅蔵の子分である。関わりを避けて逃げ出す者もいた。

「般若の寅蔵！　札差江成屋惨殺の罪で吟味致す。言い訳無用！　とうに調べはついてるんだ。おとなしく縛《ばく》につけい！」

あっという間に子分たちは逃げ出し、寅蔵を庇って立つのは鬼六を入れて、わずか四、五人であった。

「やろう、ふざけやがって！」

鬼六が匕首で内海に斬りかかった。途端、ひょいと避けて鞘走った内海は、鬼六をバッサリと斬り倒した。

「逆らう奴は、斬る」

目の前で飛び散った血しぶきを見て、寅蔵はヘナヘナと腰が砕けて、長脇差を投げ出して半泣きで、

「知らねえ。俺は何も知らねえ……その鬼六がぜんぶやったことだ。ああ、そこの勝次郎ってガキどもと一緒にやったことだ。俺は知らねえよ、な、本当だよ」

と、逃げようとしたが、内海の命によって数人がかりで取り押さえられた。だが、往生際が悪いというのは寅蔵のことを言うのであろう。獄門は嫌だ、助けてくれ、磔《はりつけ》は嫌だなどと絶叫していた。

勝次郎はその情けない寅蔵を目を細めて見ていたが、一度でも子分にして欲しいと願った男の無様な姿を見て腹が立ったのであろう、悔しそうに半纏を脱ぐと投げつけた。それをチラと見た内海は、

「おい。おまえもだ。てめえのやったことは、きちんと償《つぐな》って貰《もら》うぜ」

と勝次郎にも縄を打たせた。その縄の意外な重さを、勝次郎は後悔の念とともに肌で感

じていた。

数日の吟味を経て、寅蔵は獄門と決まった。今般のことのみならず、旧悪もぼろぼろと出て来たからである。

勝次郎たちはというと――。

『十五歳以下の者御仕置きの儀は、仕来《しきた》りの通り、十四歳より内の者に幼年のお仕置きを申しつける』

という御定書《おさだめがき》どおりに、親戚預かりとなって、十五歳になった後に、罪一等を減じた上で処罰される。

もっとも勝次郎は十五になっているから、弁別心はあるとみなされ、大人と同等の罰を受けねばならなかった。しかし、置かれた状況や寅蔵らにうまく利用されていた事実もある。当人の反省を鑑《かんが》みて、遠島と決まった。

遠島というのは、終身刑である。まだまだ若いのにと、理不尽な思いが、綸太郎たちはした。

親兄弟のいない忠助たちは、勝次郎を失って途方に暮れたが、桃路と玉八が座敷に出入りしている旦那衆らに頼んで親代わりになってもらい、刑が執《と》り行われるまで預かってくくれることになった。後見人がいなければ、溜預《ためあず》けといって、牢屋に入れられることになるからだ。

霊岸島《れいがんじま》から八丈《はちじょう》に送られる勝次郎を見送った忠助、源太、鶴吉、お松は、自分たちの分まで罪を背負って行く兄貴の姿に大声で泣かずにいられなかった。

だが、流人《るにん》船に乗るために艀《はしけ》に乗り込んだ勝次郎は妙に爽やかな顔をしていた。その着物は、母親が作った一張羅《いっちょうら》の紬だった。

「御赦免花《ごしゃめんばな》が咲くとええけどな」

離岸する艀を見送る綸太郎がぽつり囁くと、玉八は確信をもって頷いた。

御赦免花とは、蘇鉄《そてつ》の花のことである。八丈島の蘇鉄は心が洗われるような黄色の花が真夏に開く。流人たちはその美しい花びらを見ると江戸から御赦免状が届くのではないかと期待に胸を膨らませ、長年の苦労を忘れたかのようにハツラツと精進するという。それほどに咲くのを待ち焦《こ》がれている花なのである。

「二十年に一度咲くと言われてるけど、前に咲いたのが、もう十五、六年前、丁度、奴らが生まれた頃らしい。すぐに咲くよ。ああ、きっと咲く……」

そう言って何度も頷いて見送る玉八のオコゼ顔が、妙に輝いて見えた。綸太郎もまっとうに生きると誓った子供たちには、なにかしらの褒美《ほうび》があるに違いない。そう信じていた。

第二話　ほたるの宿

一

「こんな所に骨董屋《こっとうや》が出来てたのですな」

その客は桜色の暖簾《のれん》を分けて入って来るなり、刀剣、書画、茶器、壺、屛風《びょうぶ》などが整然として並んでいる店内をゆっくりと見回した。

落ち着いた青黛《せいたい》色の絹の羽織には、〃亀甲の内に有の字〃という珍しい家紋のある、どことなく品のあるお武家である。鞘袋《さやぶくろ》をしたままの刀をそっと帯から放して、店の片隅にある刀掛けに立てかけると、一品一品を丁寧に眺《なが》めていた。

番頭の峰吉は得意先に出かけたまま戻って来ないので、綸太郎が帳場に座っていた。

「済まぬが、亭主。何かみつくろってくれぬか」

年は三十半《なか》ばであろうか、髷《まげ》は丁寧に結い、髭《ひげ》も剃り残しがなく、さっぱりとした顔だちである。侍はようやく、帳場の綸太郎に目を移して、

「おや？　案外、若い亭主だったのだな。これは恐れ入った。かような立派な店構えゆえな、もう少し歳の……いや済まぬ」

「とんでもございません。かような若輩《じゃくはい》者ですが、なにとぞ、ご贔屓《ひいき》によろしゅうお願

いいたします。で、どのようなものを、ご所望でございましょ」

はんなりとした京訛《なまり》に、侍はほんの少し戸惑ったようだが、「ああ、あの京の咲花堂だったのか」と気づいたようで、これは場違いな所へ踏み込んだかな、というような顔をした。骨董と言っても由緒ある高価な値打ちものしか扱っていないからである。

しかし、折角、店に入ったのだから、そそくさと出て行くのも品がないと思ったのであろうか、侍は小さな湯呑みを目に留めて、

「これなんかは、どうかな。なに、しばらくぶりに人に会うのでな。何か気のきいたものはないかと」

「失礼どすが、お相手は……」

「ああ、ちゃんとした武家の娘でな。それは、その……うむ。長らく使えるものがよいかと思うてな」

「それでこの夫婦《めおと》湯呑みですか」

綸太郎は、心に決めた女にでも会うのであろうと察して、

「さすがは出雲《いずも》大社にゆかりのあるお方でございます。目のつけどころが違いますなあ」

侍は少し驚いた目で見て、

「どうして、出雲大社ゆかり、と？」

「それは分かりますﾟ。その亀甲の御家紋。しかも、有の文字。神々の故郷《ふるさと》、出雲にゆかりのある御家柄のお方しか、考えられしまへん」

亀甲紋は、神事として亀卜《きぼく》によって占ったことから始まり、出雲大社と関わりのある美保《みほ》神社、能義《のぎ》神社、八重垣《やえがき》神社などや北島《きたじま》、千家《せんけ》の神官、そして、出雲の古い豪族の流れを汲《く》む家は、亀甲の内に有の字が多い。

「なるほど……さすがは咲花堂ですな」

と感心してから、侍は朝山沢兵衛《あさやまさわべえ》と名乗った。朝山は〝太平記《たいへいき》〟にも出て来る由緒正しい豪族である。

しかも、出雲大社といえば縁結びの神様でもある。夫婦湯呑みを手土産《てみやげ》にするのはいかにも相応《ふさわ》しい。

「これは、いかほどするのかな」

「はい。二十両でございます」

「に、二十両⁉」

古唐津《こからつ》である。桃山《ももやま》時代の素朴で地味な風合いの珍しい逸品であった。

「そっちの緑がかった……へえ、その皿や壺も唐津焼です。新しい唐津で見た目は違いますが、釉薬《うわぐすり》の使い方なんぞ、やはりうまいこと伝統を保ってますわ」

「あ、ああ……」

「でも、近頃の唐津は大皿とか大壺とか大きいものが多くなりましてな、へえ、お大名と大店の屋敷で使うてはるんです。伊万里《いまり》みたいに上等ではないけれど、高い熱で焼いてはるから、丈夫さでは負けへんしな。この湯呑みも、きっと夫婦の絆《きずな》より堅うおっせ」

「だが、しかし……はあ、やはり無理でござるな」

と侍は頭を抱えた。上品な身なりの割には、気さくで素直な人柄と見え、自分の身の丈《たけ》に合わぬ高級品だと度肝を抜かれて、あたふたとなったようだ。

「一年ぶりに会うから奮発しようと思うたが、やはり……」

「一年ぶりですか」

「え、あ、まあ……」

困った顔になったが、湯呑みをじっと欲しそうに見ている沢兵衛を見て、

「よほど大切なお人のようですな。だったら、持って行って下さい」

「は？」

「うちにあったかて、しょうがないもんです。人様に使《つこ》うて貰《もろ》うてナンボですがな。もちろん、お代はいりまへん。ああ、そんな事を言うたら、お武家様に失礼ですな。そうですな、お武家様が払えるだけのもので結構です」

「いや、そう言われても……」

「それもそうどすな。では、一両で如何《いかが》でございましょう」

いきなりの値下がりに、むしろ沢兵衛は何か曰《いわ》くがあるのかと驚いたようだが、天下の咲花堂が紛《まが》い物を売る訳がない。

「お武家様のそのお着物、藍の立染めの時に泡のように出る〝藍の花〟から出来たものでっしゃろ。私、その色が好きなんですわ。羽織や着物にして着てる人は少ないと思いますが、目の保養になりました。保養料を差し引いて、この茶碗、お譲りいたします。陶器に限りまへんが、使うて貰うのが一番どす」

沢兵衛はしきりに恐縮していたが、綸太郎は、これも何かの縁だと丁重に箱書きを添えた上に、〝お墨付〟をつけて渡した。

「おおきに。大切に使うて下さるよう、お相手のお方にもどうぞお伝え下さいまし」

綸太郎は、よい〝嫁ぎ先〟が見つかったと喜びを噛《か》みしめた。

神楽坂は武家と町屋がいい按配《あんばい》に入り交じった、ちょっとした坂と路地の迷路の町だ。そこが住んでいる者にとっては心地よく、見知らぬ者にとっては旅情に浸《ひた》れる土地柄であった。

特に名所があるわけではないが、隠れ家のような宿や料理屋がそこかしこにあり、色街も派手さはなく、しっとりとしたものだった。

桃路がよく通う茶屋のある月見坂、そして、雪見坂、花見坂に挟まれるように窪地があって、螢坂《ほたるざか》と呼ばれるほんの数間《すうけん》ばかりの急な石段の下に、京の町屋風の旅籠《はたご》があった。中が見えにくいように板塀で取り囲まれ、部屋にも格子の出窓があって目隠しになっていた。茶屋で座敷遊びをした旦那衆が、芸者を口説くために連れ込む宿としても使われているようだ。

朝山沢兵衛が目指していたのは、この宿であった。

螢坂にあるから、螢の宿と呼ばれていたが、それは名前だけではない。離れの一室には、床下に石樋を通しており、井戸水が清流のように流れ出ている。縁側から見ると、丁度、足下から水が湧き出ているように感じる。その流れの先に小さな竹藪《たけやぶ》があって、季節になると螢が現れる。数は少ないが、宿に泊まる者の心に染みいる風情《ふぜい》だった。

沢兵衛が宿に上がった時、女将《おかみ》のお里《さと》が、

「これはこれは、ようお帰り下さいました。今日は、お連れの方はまだですが、先にお酒でも召し上がってますすか？」

と尋ねてきた。

〝今日は〟という言葉をかけたが、一年ぶりである。しかし、まるで昨日のことのように、女将は迎えてくれる。いらっしゃいではなくて、お帰りなさいというところが小憎《こにく》らしい。

「今年も、三、四日、お世話になりますよ」

「はい。実家にでも帰ったつもりで、ごゆっくりして下さいまし。湯ももう沸《わ》かしておりますれば」

と浴衣《ゆかた》をそっと差し出した。

「それにしても遅いですね。いつもなら、お連れさんの方が、一刻も二刻も先に来ますのにねえ。いつぞやなんぞ、一日前に来てましたのに」

珍しいこともあるものだと笑って、女将は酒を取りに立ち去った。

――たしかに妙だ。

と沢兵衛は感じたが、年に一度のことだ。きっと何か手違いでもあったのであろうと、咲花堂で買い求めた茶碗を床の間に置いて、ごろんと横になった。

陽はまだ高い。蛍が出る刻限も、まだまだだ。一杯、酒をひっかけた後に、湯にでも浸《つ》かりながら待つとするかと思った。

沢兵衛は開け放たれた縁側の下から流れ出て来る石樋の水を眺めながら、去年の逢瀬《おうせ》を想い出していた。そして、一昨年、先一昨年、出会った年……と遡《さかのぼ》ってゆく。

まるで織姫と彦星のように、年に一度きりの逢瀬だが、沢兵衛にとっては、もう何十年も一緒に暮らしているような錯覚にすら囚《とら》われる。

まさに初めて出会ってから、今宵会っても、まだ五度目、である。にもかかわらず、生涯を共にして来たような馴染みきった思いと、それとは逆に、初めて会う女を待つ新鮮さが混在していた。

――五度目、か。今度こそは、きちんと話さねばなるまいな。そうであろう。

と自分に何度も言い聞かせた。

しかし、酒を飲み、ゆっくり湯に浸かり、食膳に箸《はし》をつけ、布団が敷かれても、女は現れなかった。

この夜、螢は出なかった。

翌朝、沢兵衛は早くに目が覚めた。というよりも、ゆっくりと眠れなくて、起きていたのか寝ていたのか分からぬ状態で、頭がぼうっとしていた。

「朝山様の方が、日にちを間違えたのではございませんか？　螢もまだ出ませんしね」

女将はそう言って慰《なぐさ》めたが、沢兵衛には一抹《いちまつ》の不安があった。なぜならば、昨年、五日程一緒に過ごした後、

「去年も同じことを申しましたが、もし次の年、来ることができなくても、お互い、探して訪ね合うのはよしましょうね。あなたも私も、家族の絆《きずな》を壊してまで、とは思わないでしょ？　いいえ。壊すべきではないのです」

そう言った女の顔を、すぐそこにいるような錯覚に陥《おちい》るほど鮮やかに、想い出したからである。

宿の女将も、沢兵衛たちが人に言えぬような仲であることは察知しているはずだ。だからこそ、余計なことは言わないが、間違いなく螢の時節に、二人して現れて、数日過ごして帰ってゆく。まさに螢のような逢い引きで、命を燃やしている一瞬にこそ、人に言えぬ喜びがあった。

しかし、今度ばかりは一人相撲であった。

今年こそはと、沢兵衛は覚悟をして来たのに、宿を頼んでいた三日の間、女が現れることはなかった。

二

沢兵衛が再び咲花堂に現れたのは、螢の宿での宿泊を終えた日のことだった。

近年に珍しく涼しい日で、肌寒いくらいだったが、番頭の峰吉は店先に水打ちをしていた。朝っぱらから骨董屋を覗く者は少ないが、

「先日は失礼しました」

との声に振り返って、峰吉は不思議そうに見やった。

「これをお返しに参りました」

沢兵衛が丁寧な物腰で言いながら、桐箱に入った湯呑みを差し出すと、峰吉はすぐさま唐津の湯呑みだと分かって、まるで探していた子供を見つけたように飛びついた。

「ま、どうぞ。中へ、お入り下さい。この茶碗、私がある人に無理を言うて手に入れたものなのに、二束三文で売ったと聞いて、ほんま腰が抜けるくらい吃驚《びっくり》してたんですわ」

「さ、さようですか……」

「どうぞ、どうぞ」

「あ、いや。金は返して貰わなくていいのだ。借り賃だ。それで、よかろう」

と沢兵衛はすぐさま、立ち去ろうとしたが、峰吉の甲高《かんだか》い声が聞こえたのか、綸太郎が店の中から出て来た。

「これは朝山様。神楽坂は一年ぶりとか言うてましたけれど、どこぞに泊まってでもいたのですか？」

「え、ああ……」

曖昧《あいまい》に返事をしてから、夫婦湯呑みは必要なくなったから戻しに来たというが、綸太郎としても受け取るわけにはいかなかった。

しかし、峰吉は、

「何を言うてるのですか、若旦那。返したい言うてるのやさかい、遠慮するのは、このお武家様に迷惑ですよ。たしか一両でしたな、はいはい。すぐ持って来ますさかい、ちょっとお待ち下され」

勝手にそう言って店に戻ろうとしたが、綸太郎はきつく咎《とが》めた。

「失礼なことはやめなさい、峰吉」

「そやけど、若旦那……」

「ええのや。この湯呑みは、朝山様のものや。それに、二、三日前に買《こ》うて貰うたもんを、はいそうですかと買い戻すわけにもいきまへん」

「え？」

と意外な目を向ける沢兵衛に、綸太郎は真剣な顔で続けて、

「一度、嫁に出したものを、そうそう容易に出戻りにされても困るンですわ」

「…………」

「余計なことかもしれまへんが、その湯呑みを渡すお相手に会えなかったか、渡せない事情ができたか、なんでしょうね。でも、返すには及びません。どうぞ、そのままお持ち下さい」

「いや、しかし、人様に使って貰ってこそというあなたの心根に背《そむ》くような気がして……ですから、私は……」

「いいのです。朝山様、その湯呑みは、案外、願い事が叶《かな》う縁起の良いものかもしれまへんから、どうぞ使うて下はれ」

「願い事が叶う？」

「へえ。そやろ、峰吉。だから、おまえは百両も出して買うたのやからな」

どう転んでも損をする代物《しろもの》だったのである。いや、代物というのは間違いだ。古唐津で立派なものだが、峰吉の見立ては少々違っていたようだ。

「どうです？　お相手には、いずれまた会うのでっしゃろ。それまで持っていても損はしないと思いますがね」

「さようか……そこまで言うのなら、咲花堂さん。ここで預かっておいて下さい。入り用になったら、また立ち寄らせて貰う。でないと、私はこう見えて粗忽《そこつ》者だから、割ったりしては申し訳ないから」

沢兵衛は深々と頭を下げると、逃げるように駆け出した。

「あ、朝山様」

急な坂道である。危うく転がりそうになるのを必死に堪《こら》えるように、少しでも、この場から離れたいという勢いで去ってゆく沢兵衛の後ろ姿を、綸太郎は怪訝《けげん》そうに見送っていた。

一期一会《いちごいちえ》の出逢いかと思っていたが、その後も関わることになるとは、この時の綸太郎は思ってもみなかった。


作事奉行《さくじ》の鷹羽兵部《たかはひようぶ》の屋敷は、赤坂霊南《れいなん》坂に面してあった。辺りには、紀伊《きい》家をはじめ毛利《もうり》家や浅野《あさの》家など大大名や大身《たいしん》の旗本の屋敷が占めている武家地で、辻番が目を光らせている。さすがの綸太郎も少々緊張する場所柄であった。

鷹羽兵部といえば、今でこそ押しも押されぬ二千石の大身旗本であるが、元はわずか百俵取りの御家人だった。それが作事方に勤めてから異例の出世をし、養子縁組などを経て旗本に成り上がり、そこからも作事奉行を任されるに相応《ふさわ》しい家格になるため、禄高も増えて来たのだった。

まさに出世を絵に描いたような偉容の屋敷——。

黒塗りの長屋門をぐぐった綸太郎は、用人に案内されて、回遊式の庭園を見渡せる廊下をぐるりと歩いて奥向きに連れて来られた。花菖蒲《はなしようぶ》が似合いそうな石橋や、月夜には美しい影絵になりそうな築山などが設《しつら》えられており、まさに自然の営みを邸内に再現した見事な庭だった。

迎え入れられた部屋には、すでに作事奉行の奥方・珠野《たまの》が、歌川国貞《うたがわくにさだ》や国芳《くによし》の美人画から出て来たような艶姿《あですがた》で座っていた。娘のように、近頃流行《はや》りの〝だらり結び〟に派手な帯留めを使っていた。帯留めは文化文政期《ぶんかぶんせい》（一八〇四～一八二九）に広まったという。

「これは珠野様。先だってはありがとうございました」

綸太郎は茶会に呼ばれた礼を言ったのである。

「こちらこそ。咲花堂さんに来ていただいて面目が立ちました。で、今日、お呼び立てしたのは、この娘《こ》のことなのです」

と傍《かたわ》らに控えている下働きの娘を指した。

薄化粧で地味な色合いの着物のせいで、歳ははっきり分からないが、珠野と同じくらいに見える。作事奉行は五十を過ぎてなお壮健で働き盛りだが、妻の珠野は二十と五、六。娘と言ってもおかしくないほど歳が離れていたので、夫といるよりも、同じ年頃の女中と遊んでいる方が楽しいのだろう。

珠野は自分のことは差し置いて、女中たちの身の上ばかり心配している。殊《こと》に、歳の近いこのお夏《なつ》という女中とは気があって、主人と女中というよりも幼なじみのように仲が良く、屋敷からお忍びで出る折もいつも一緒だという。

「——夏と申します。よろしくお願いいたします」

と丁寧に指をついて挨拶《あいさつ》をした。

「こちらこそよろしく。でも、あまり窮屈なのは好きではないので、ざっくばらんにお話を伺《うかが》いまひょ」

珠野も格式張ったのは嫌いなようで、いつも笑みをたたえて、何が楽しいのか誰にでも笑って対応している。

「実はね、綸太郎さん。このお夏がやっとこさ、嫁に行く決心をつけたのです」

「はい——」

「歳は私の二つ下だけれど、ほほほ、言わずともよろしいですね。相手の殿方は、御主人様の家来の親戚筋にあたる御家人でしてね。禄も大したことのない軽輩とはいえ、その結《ゆい》納《のう》の折のお返しをですね、鷹羽家として恥ずかしくないものを出したいのです。もちろん、祝言《しゆうげん》の時の飾り物やら引き出物やらも、頼みたいのですが」

咲花堂では本家でも、祝儀不祝儀の際に、家格や場所柄に相応しい飾りつけなどを引き受けることもあった。売買の時もあれば、貸し借りの時もある。いずれにせよ、主人が客人を細やかな気配りで、おもてなしをするという狙《ねら》いがあった。

「へえ。それは誠心誠意、きばらせていただきます」

他の珠野付きの女中らも集まって来て、綸太郎が差し出す案に、和気藹々《わきあいあい》と話し込んでいたが、当のお夏だけが、なんとなく乗り気ではなさそうだ。暗くはないが、どこか泣いているような顔立ちに、綸太郎は胸の奥が締めつけられた。微《かす》かな風でも鳴ってしまう、小さな風鈴のような女だと感じた。それほど、か弱く見えたのだ。

「あらあら、綸太郎さん。その娘はもうすぐ人の妻なのですからね、ちょっかいを出さないで下さいね」

「人聞きの悪いことを言わんといて下さい」

「でも番頭さんが話してましたよ。若旦那はエエ女と見ると、地獄の底まで追って行くって。でも、そんな殿方ならば、女も惚《ほ》れられ甲斐があるということですものね」

「峰吉のやつ、余計なことを。あいつは、ちょいちょい口からでまかせを言いますからな、それこそ気をつけてくなはれや。それにしても……お夏さんでしたかな……嫁に行くのが嫌なのですか？」

すぐさま、そんなことはないと首を振ったが、珠野だけは心の裡《うち》を知っているかのよう

に微笑《ほほえ》んで、

「人生とは色々あるものですよ、お夏」

と意味深長な口調で言った。

「嫁に行くと心に決めても尚《なお》、悩んだり苦しんだりするのは、女なら誰でも同じ。たとえ惚れた者同士でなくても、長年一緒に暮らすうちに、いずれは好きになります」

「——はい」

「たしかに、まだ会ってもない殿方の所へ嫁ぐのは不安でしょう。私もそうでした。主人には悪いけれど、ふふ。でも、その主人のお墨付ですから、安心なさい」

相手の顔も見ないまま嫁ぐことは、よくある〝しきたり〟だった。もちろん、お夏としても、それが不満なわけなのではない。ただ漠然とした不安があったのである。

「この娘は、それはそれは苦労して来ましたからね……」

漁師だった父親は船が難破《なんぱ》して行方が分からなくなり、母親も流行病《はやりやまい》で亡くした。たった一人いた姉はどこかの遊郭に連れ去られ、今は何処《どこ》で何をしているかも分からない。お夏も姉と同じ運命になるところ、何処の誰か分からない人がポンと五十両払ってくれたのだ。

「それは奇特やなあ。何処の誰か分からないって、本当ですか」

と綸太郎が訊くのへ、

「はい。まったく分かりません。ただ、どこかのご隠居様のような……」

お夏ははっきりと顔は覚えていると答えた。

しかし、そのお陰で、お夏は運が回って来たのであろう。日本橋の呉服屋に奉公することができた。

その店の客が珠野だった。それが縁で、会ったその日から何となく気があって、鷹羽家の女中にしたのだ。ゆくゆくは、ここから嫁に出してやるつもりだった。それに応《こた》えるように、お夏は、茶事や華道、礼儀作法や小太刀などを学び、よく本を読み、書を嗜《たしな》んだ。何処へ出しても恥ずかしくない女になったのである。

「——そうでしたか。世の中には、親切な人がまことといるもんどすな。昨今、意味ものう無惨に人を殺す輩《やから》も多いが、神仏はそこかしこにいてはる。私はそう思うてますよ。もっとも、その神仏は人の心の中にあるはずなんやけどな」

綸太郎の言葉を、お夏は噛みしめるように繰り返して、

「人の心の中に……そうですね。そのお陰で、私は嫁ぐこともできるのですね」

と呟《つぶや》いた。親切を施してくれた人のことを思い出したのか、静かに頷《うなず》いた。まるで嫁に行くのが運命《さだめ》であることを自らに納得させるようにも見えたのは、綸太郎だけではなかっ

た。

三

結納のことで、綸太郎が鷹羽家に出入りして二度目のことである。

陽が落ちかけた夕刻のことであった。長屋門から出て来た綸太郎は、表をうろついている侍に目を留めた。

「おや？」

と綸太郎が凝視すると、侍は顔を隠すように近くの路地へ飛び込んだ。門番も怪訝な顔で見ていたが、再び現れて来る様子はない。ところが、溜池《ためいけ》に向かって歩き始めた時、ふいに町灯籠《どうろう》の陰から、侍が飛び出して来た。

「ここで何をしてるのです」

と男は綸太郎に近づいて来ながら、

「咲花堂の亭主であろう。ここで、何を」

その切羽詰まった顔を見て、綸太郎はすぐに思い出した。

「朝山様……」

神楽坂の店で、夫婦湯呑みを求めた武家である。先日と違って紋無しの黒羽織、御家人姿である。

「朝山様こそ、どうして……あ、いや。私はてっきり、出雲かどこぞの藩士の方やと」

綸太郎が訝《いぶか》しげに見つめていると、朝山はオドオドと頭を下げて、

「いや。済まぬ。申し訳ない。本当に済まぬ」

と訥々《とつとつ》と謝るばかりであった。

「実は亭主。私は、朝山ではない。正直に申そう。秦《はた》……秦精之進《せいのしん》という、下馬《げば》廻り同心なのだ」

「下馬廻り……」

江戸城御成下馬場《おなりしたばば》へ出向いて、諸大名の供廻《ともまわ》りの無法な所業や迷惑な態度を見張る勤めであった。幕閣や大身の旗本は駕籠《かご》や馬で登城して来る。それには細かな規則があるものの、武家奉公人ら同士の様々な諍《いさか》いや揉《も》め事《ごと》は日常茶飯事だった。

それを諌《いさ》めて治めるのが任務であったから、出世をすれば、大名や旗本、口入れ屋などからの付け届けの多い役だったが、精之進は下っ端だから、段取りが悪いと、逆に供侍たちからの罵声に堪えねばならぬ毎日だった。

「申し訳ありませぬ。あなたまで騙すつもりではなかった。本当だ。別に他意はない。悪

意もない」

「はあ?」

綸太郎は沢兵衛、いや精之進が言っていることの意味が分からず、

「一体、どうなさったのです。私の店に、何か探索で参ったのどすか」

「あ、いや、そうではない。全然、まったくもって、本当にそういう意味ではない」

しどろもどろになる精之進の姿に、かえって綸太郎は悪いところを見てしまったのかと恐縮をしてしまった。しかし、あまりにも様子がおかしいので、

「ここで会ったが百年目。てなことはありまへんが、よろしければ、どうです。その辺り……っていっても武家屋敷ばかりですが、ちょこっと先に、美味《うま》い鮨《すし》屋があるので、軽くつまみながら一杯どうでしょう」

と誘うと、まるで観念でもしたかのように肩を落として付《つ》いて来た。

踵《きびす》を返して、麻布御簞笥町《あざぶおたんすまち》の一角に、近くの武家屋敷の中間《ちゅうげん》らが立ち寄る『豊鮨《とよずし》』という間口二間の小さな店があった。屋台に毛が生えたような所だが、口の肥えた殿様のお腹にも届けられるとのことで、ネタもシャリも良い塩梅《あんばい》だった。

「――実は、恥ずかしながら……」

綸太郎が責めたわけでもないのに、秦精之進は、鱸《すずき》、鯛、鰈《かれい》、スルメなど旬のものを出

されるまま適当に食べながら、「私は大した武士ではないのです。何両もの湯呑みを買えるような身分でもない」

「御城下馬廻り同心なら立派なお侍です」

「そんなことはありません。わずか三十俵二人扶持の軽輩でして……私は今、たまたま、ちょっとした不正……いや本当は凄い不正なのですが……」

「なんです？」

「あ、いや美味い……とにかく、人の不正などを暴いたり、問い詰めたりすることができる輩ではないのです」

　精之進が自嘲気味に言うのへ、

「——言っている意味がよく分からしまへんが」

　と綸太郎が灘《なだ》の生一本を勧めると、精之進は無紋の黒羽織を脱ぎ捨てて、さあ飲むぞとでも言いたげに着物の袖を引き上げた。

「実は私……偽っておりました。申し訳ありません。何故だか分かりませぬが、亭主の顔を見たら、もう話さないでおれなくなりました。おそらく、凛《りん》とした刀剣目利《めき》きの心眼に気圧《けお》されたのでしょうな」

「どうしたのです」

精之進はぐいと酒をあおってから、

「螢の宿、ご存じでしょ？　神楽坂の住人でしたら」

「へえ。螢坂にある……京風なので少し気になりましたが、覗いたことはありまへん。なんでも、宿の中に水場があって、本当に螢が来るとか」

江戸界隈《かいわい》で螢の名所といえば、落合《おちあい》である。神田《かんだ》川と妙正寺《みようしようじ》川が落ち合う所からの上流で、武家町人問わず〝螢狩り〟を楽しんだ。谷中《やなか》や王子《おうじ》、隅田《すみだ》川の土手なども名所だったというが、落合の螢は一級品だった。

その螢が、神楽坂の〝螢の宿〟に迷い込んで来ているとの噂で、数こそ少ないが、涼しげで、それでいて力強い光を放って、見る者の目を放さないという。

「私はその宿で、年に一度、ある女御と逢い引きをしておりました」

「なるほど、そのお方と一緒になろうと思うていたのですね」

「ど、どうして、それを」

「あの湯呑みを選ぶとはそういうことやおへんか。けれど、渡しそこねて返しに来た。違いますか？」

「そ、そのとおりです……」

精之進はこの五年間のことを話し、螢の宿で待ちぼうけをくらったこと、一人で三日の間を無為に過ごしたことなどを話した。

「そもそもの出会いは、ならず者にからかわれていたところを、私が助けたからなのですが……その時は同心姿ではなかったので……もう一度、会いたい一心で、つい嘘をついてしまいました」

「相手に見合うような身分に」

「はい。で、その人が……その人というのは、先程、咲花堂さんが出て来た、あの屋敷の……奥方なのです」

「珠野様⁉」

綸太郎は思わず仰《の》け反《ぞ》って、腰掛けから転げ落ちそうになった。

「そ、そうなのですか？　あの利発で明るい、賢明そうな奥方さんが……」

不義密通という言葉を、思わず飲み込んだ綸太郎は、まじまじと精之進を見ていた。

「利発で明るい……ですか」

「しかも、ご主人の鷹羽様を陰で支える立派な奥方にしか見えまへんが……ははあ、私も色々とその道には立ち寄った方ですが、そうですか……あの珠野様がねえ」

妙に感心したように綸太郎は杯を口に運んでから、

「では、珠野様と年に一度、螢の宿で会うてたわけですな」

「はい」

「で、今年は珠野様が来なかったわけは……」

「それは分かりませぬ。お互い相手のことは詮索《せんさく》するまい。その時だけ、楽しめばそれでいい。そういう〝覚悟〟でしたから」

「妙な覚悟、ですな」

「珠野様は、二千石の旗本の奥方です。それに比べて私は……もっとも私は、自分の素姓を偽《いつわ》っておりましたから、本当のことを話せば、年に一度も会えなくなるかと」

「…………」

「身分を偽っていたことは、卑怯《ひきょう》者と誹《そし》りを受けても構いませぬが……どうしても言えなかった。見栄があったのは否定しませぬ。けれども、それよりも三十俵二人扶持のこの私が、あの人を連れて逃げるなどという自信はありません。いや、まこと卑怯者です」

「…………」

「お互い家族がある身ゆえ、それだけは壊さないでおこうと約束しておりました。ですから私も、螢の宿以外では会いに行きたくても、行くことはしませんでした」

「まさしく、覚悟、ですな」

「しかし、今年、来てくれなかったのは、私にとっては酷《こく》なことでした」

精之進はしょんぼりとなって、「今度こそは本当のことを話そう。その上で、もし私と一緒に逃げてくれるのなら、武士を捨てる。その覚悟でした」

「……しかし、あなたも妻子持ちなのではないのですか」

「いえ、それが……恥ずかしながら、まだ独り者でしてな。見栄を張って、つい……でも、悲しいかな、珠野様を忘れられなくて、誰とも一緒になる気がしないのです。でも、笑《わろ》うて下さるな。一年後にはまた会える。それだけの気持ちで、私は毎日を頑張ることができたのです」

「そんなものですか」

「はい」

「しかし、下手をすれば相手も一緒に死罪ですぞ」

「分かっております」

決然と頷く精之進を、綸太郎は純真で幸せな男だと思ったが、自分には到底、真似ができないことだと感じた。鮨屋で聞く話ではなかったなと思いながらも、綸太郎は穴子《あなご》と蛤《はまぐり》を頼んだ。煮穴子と煮蛤。これは京では味わえない、江戸前鮨であった。

主人は話が聞こえていないふりをしてくれているが、鷹羽の屋敷はすぐ近くである。客の中に、中間がいるかもしれない。綸太郎はしばらく黙って杯を傾けていたが、精之進が

さらに続けようとして、

「実は、咲花堂さん……さっき話しかけた不正というのが……」

と酒の勢いで話し始めた時である。暖簾をサッと分けて乗り込んで来たのは、北町の定町廻り内海弦三郎だった。

内海は入って来るなり、精之進の襟首を鉤手にして摑むと、

「貴様ッ。こんな所で何をやっとる！　クビになりたいのか、ボケカス！」

と怒鳴ると同時に、綸太郎の顔を見た。

「またぞろ、おまえか。なんだか知ンねえが、おまえは俺の邪魔ばっかりするな」

不機嫌な面《つら》で嚙みつかんばかりの勢いで吠《ほ》え立てた。

四

鮨屋の表に引きずり出された精之進は、内海に一発頬を殴られて、吹っ飛んで倒れたところに蹴りを入れられた。

「よしなさい。なんちゅうことをッ」

思わず止めた綸太郎にも蹴りかかってきたが、寸前で止めた。もし、本気でやっていた

ら、内海は足を払われて坂道の縁石で腰か背中を打っていたかもしれない。蹴られた所が急所近かったのか、精之進はうずくまったまま立ち上がれないでいた。綸太郎は肩を貸して、道端に逃れるように離れたが、辻灯籠に浮かぶ内海の形相《ぎょうそう》を見て、

——只事《ただごと》ではないな。

と察知した。気配に振り返ると、闇の中に数人の人影が潜んでおり、手振りや音、蠟燭《ろうそく》の灯りなどで合図を送り合いながら、さらに闇の中に散った。

暗がりに慣れると、同心や岡っ引らだと分かったが、いずれも物々しい格好である。しかし、町方が武家地をうろついているのも不自然な話である。この場で誰かを捕縛するとでもいうのか。

「おい、秦。おまえが、こんな所で鮨を食っている間に、下手人が逃げちまったじゃないか、エッ。何を考えて御用勤めをしてるのだ。このボンクラが」

内海の叱責に、精之進は子供のように頭を下げた。咲花堂に現れた時の凜然とした輝きなどまったくない。

「も、申し訳ありません」

「それで済めば、お上なんざいらねえンだよ。お奉行の耳に入れれば、おまえはすぐさま、お役御免だ。そう心得ておけ」

「待っとくれやす、内海の旦那。仮にも下馬廻りに、町方の旦那が、ちょいと乱暴な物言いではありまへんか？」

と綸太郎はゆっくりと立ち上がった。

内海は人を小馬鹿にしたような顔になって、

「こいつはな、昔、町方にいたのだが、使い物にならなくて、下馬廻りに行かされたのだ。おっと、不浄役人だと思ってナメるなよ。こちとら町人のために命を張ってンだ。駕籠の出入り番と一緒にするんじゃねえ」

「訳は存じませんが、この店に無理に誘ったんは私でございます。ちょいと縁がありましてな、湯呑みのことやら、昔話やらをしてるうちに、つい……」

「ヘナヘナ話すなってンだ。てめえのその声を聞くだけで虫酸《むしず》が走るンだ、おう骨董屋。少しくれえ幕府のお偉いさんや大大名に顔がきくからって、いい気になるなよ。名が知られてンのは、京に住んでるてめえの親父の方だろうが。江戸に来て、さして間もねえ、てめえなんざにガタガタされたくねえンだ。すっこんでろ」

内海が早口で怒鳴った時である。

月明かりに照らされて、武家駕籠が現れた。ゆっくり左右に揺れている駕籠は、角に来ると直角に曲がって、霊南坂の方へ向かって行った。それを見て取るや、内海は精之進を突き放すように小突いてから、武家駕籠の後を尾けた。

路地という路地には、内海の他にも何人もの役人がいる。探索というよりは、護衛をしているという印象だった。

「一体、何があったんですか？」

「あ、はい……」

はっきりとは答えないまま、精之進も内海の後を追うように駆け出した。綸太郎も鮨屋に戻って金を置いてから、すぐさま駕籠の方へ向かった。

その駕籠は幾つかの路地を曲がって、作事奉行・鷹羽兵部の屋敷の前で停まった。目を凝らして見ると、駕籠には違い鷹ノ羽の紋がある。二千石の旗本であり、布衣《ほい》以上の身分であるから、登城に駕籠は許されているが、鷹羽兵部は普段は馬もしくは徒歩だった。しかし、駕籠を使っているのは、この一月《ひとつき》ぐらいのことで、

――理由は何者かに命を狙《ねら》われている。

疑いがあるからであった。

「そんな物々しさなんぞ、屋敷にはなかったがな……」

綸太郎は緊迫した気を感じて、腰の小太刀があるのを確かめるように握った。祖父譲りの銘刀、阿蘇《あそ》の螢丸である。

駕籠には数人の供侍がついているが、表門が開くと、さらに中から家来たちが現れて、すぐさま駕籠の周りを取り囲んだ。駕籠はすばやく邸内に入れられ、門扉は激しい音を立てて閉じられた。

それでも、内海たちはしばらく、あちこちの路地を覗いては、誰かを懸命に探しているようであった。綸太郎はそんな闇の中の情景を眺めながら、追いついた精之進に尋ねた。

「何があったのです。さっき言いかけた、不正、とやらに関わりがあるのですか」

「さよう……とんだ失態だ……酒まで飲んで、本当に私はダメな男だ」

どっぷりと落ち込んで暗い顔になる精之進へ、綸太郎は背中をさすって言った。

「なんや知りまへんが、ひょっとして、その不正とやらは、この鷹羽様がやったことなのですか?」

「いや、そうではない。そうではないが……」

「はっきりしとくれなはれ」

「あると言えばあるが、ないと言えばない」

綸太郎は少々呆《あき》れて溜息をついた。

「奉行職にある者が知っていたかどうかは、別の話だが……江戸城、旗本屋敷、与力同心組屋敷、さらには小石川《こいしかわ》養生所や学問所などが、ここ数年で改築や増築が行われたのですが、どうやら、手抜きの普請《ふしん》があったらしい」

「手抜き、ですか」

「詳細は後で聞かせますが、その渦中にいるのが、作事奉行の鷹羽兵部様。つまり……珠野様の夫、というわけです」

「なるほど……それで、あなたは心を痛めたのですな」

「お恥ずかしいが、そういうことです。しかし、手抜きが勘定吟味役によって発覚したのは、わずか昨日のこと。それで私たちまでが急遽《きゆうきよ》駆り出されたのですが……もちろん、前々から内偵はしていたのでしょうが、珠野様はこの一件で〝螢の宿〟に来られなかったに違いありますまい」

珠野は心の奥で来たくてしょうがなかったが、やむにやまれぬ事情で屋敷から出ることが叶わなかった。それゆえ、恋い焦《こ》がれる相手に会いに来ることができなかった。精之進はそう得心していた。

――ならば、また来年、待つ。

そういう気にさえなったが、今年は少し寒いせいか、螢が出るには早かった。まだ会える機会はあるかもしれないと、綸太郎は慰めてみたが、精之進は二人の掟《おきて》を重んじて、屋敷を訪ねることも、自分の偽りを伝えることもしないという。

「それにしても、屋敷の中は、そんな雰囲気ではありませなんだ。お夏という娘の縁談で持ちきりでして……私もその手伝いで通うていたんやけど」

「縁談……」

「ええ。何か心当たりでも？」

「そうではないが、そんな悠長なことをやっている時ではないと思うがな」

と精之進はすっかり酔いも醒《さ》めて、薄暗い半月に浮かぶ鷹羽邸の屋根を不安な顔で見上げていた。

あちこちで、まだ内海たち同心の囁《ささや》きあう声が洩《も》れ聞こえる。月が雲に隠れると闇が広がり、辻灯籠だけが不気味なほど、ぼんやりと立っていた。

五

翌日、店の陶磁器や屏風などの手入れをしていた綸太郎の前に、内海がのっそりと立った。いつものように苦々しい顔をして、どこぞで昼餉《ひるげ》でも食べて来たのか、長い竹串で歯を梳《す》いている。

「おまえさんの嫌いな、野暮ったい胡麻《ごま》油の天麩羅《てんぷら》だ」

「さようですか。で、なんぞ御用ですか？」

綸太郎は適当にあしらうつもりだったが、妙な言いがかりをつけて来たので、きちんと対峙せざるを得なかった。

「――おまえ。秦精之進と一緒になって、下手人を逃がしただろう。夕べのことだよ。知らねえとは言わせねえよ」

「は？　何の話でっしゃろ」

「上方訛《かみがたなまり》というのは、惚《とぼ》ける時には、いい味を出すもんだな。誉《ほ》めてんじゃねえ、からかってンだ。な、咲花堂の上条綸太郎さんよ。本当のことを話してくれねえか」

「かましまへんが、下手人とか逃がしたとか、ちゃんと事情を聞かせて貰えませんか」

「よかろう……おい、番頭、茶の一杯くらい出してくれねえか。ああ、熱いのがいいな。焙《ほう》じ茶がいいな、頼むぜ、おい」

と帳場の峰吉に、まるで手下にでも命令するように言った。渋々、立ち上がった峰吉が奥へ入ると、すぐさま内海は声をひそめて話し出した。

「あの、お喋《しゃべ》りの番頭にゃ、あまり聞かれたくねえんでな」

「あ、はい……」

「下手人てなァな、先日、本郷菊坂《ほんごうきくさか》町の火除《ひよ》け地で見つかった大工《だいく》・桑吉《くわきち》を殺した奴のことだ。殺《や》った奴は、作事方被官《さくじかたひかん》の友田儀三郎《ともだぎさぶろう》という侍だ。もちろん、作事奉行の鷹羽様の配下にあたる」

被官とは、作事奉行直属の大工頭《がしら》という役人の支配下にあって、いわば普請の設計施工の現場監督である。作事奉行は、普請奉行、小普請奉行と並んで、公儀の土木建築の長官である。大工頭は担当事務次官のような存在だった。いずれも徳川家康《いえやす》が浜松《はままつ》城を築いた折の奉行の家柄の者で、様々な幕府普請における重要な責任を担っていた。

その大工頭から信任の篤《あつ》かった被官の友田儀三郎が、町場から集めて来た大工の一人である桑吉を殺したのは、怨恨《えんこん》でも喧嘩《けんか》でもない。表沙汰《おもてざた》にしてはならぬ裏があった。

「その裏とは……」

綸太郎が身を乗り出すのへ、内海はさらに声を低くしながら近づいた。

「桑吉は、口封じに殺されたのだ。公儀の手抜きの普請を見抜いたゆえにな」

「……！」

精之進からも手抜きのことは聞いている。綸太郎は、殺しの原因が手抜き普請にあるということで、ある苛立ちを覚えた。またぞろ、悪さをした者が、何の罪もない者を葬った。そういう手合いが多すぎる。

——ほんま、江戸ちゅうところは、どないなっとんのや。

というのが正直な感想だった。しかし、内海が綸太郎に、手の内をさらけ出して話す時には、これまた裏がある。何か狙いがある。

「で、私がなんで、その友田とかいう人を逃がす謂《い》われがあるのです」

「友田というのは、秦とは古いつきあいらしい。だから、俺たち町方の捕り物を知って、事前に知らせて、上役である鷹羽兵部様の屋敷に匿《かくま》われた節《ふし》もある」

「いや、それは違うと思いますが……」

綸太郎は螢の宿のことは話さなかったが、精之進はその事とは関わりないであろうと進言した。もし、友田某《なにがし》を匿うことに手を貸したりしたのであれば、あの場で綸太郎と鮨屋に行ったり、逢い引きの話などを暢気《のんき》にするはずがない。ただ、町奉行所の上役に言われて、下馬廻りでありながら、下手人捜しをさせられていただけに違いない。

「そう思うのなら、それでよい」

と内海は綸太郎に耳を貸せと言って、「おまえは、このところ鷹羽様の屋敷に出入りしてるようだが、ちょいと探って来て貰いてえんだ。屋敷の中に、友田儀三郎を匿ってるかどうか」

「そう来ましたか」

「む？」

「いえ、こっちの話です。でも内海の旦那。私は御公儀に逆らう者ではありませんが、手先になるつもりもありません」

「なんだと？」

ギラリと威嚇《いかく》するような目になるが、綸太郎はまったく恐くない。むしろ、単純なので、おかしくて笑いたくなるほどだった。

「じゃあ、何か咲花堂。おまえも、友田の仲間だと邪推されてもよいのだな」

「私には身に覚えのないことですから、どう思われても構しまへんが、秦精之進さんが疑われるのは可哀想です」

「ほう？」

「少し気が弱くて、真面目が着物を着ているような人を、人殺しの仲間扱いにするのは、どうにも解《げ》せません」

と綸太郎は言って膝を叩いて、「よろしゅうおます。私が調べて来ましょう。その代わり、内海の旦那も頼まれてくなはれ」

「何をだ」

「この神楽坂に〝螢の宿〟と呼ばれる宿屋があります。そこに一年に一度だけ、螢の時節に来る、朝山沢兵衛というお方がおられます。おそらく出雲の松江《まつえ》藩か広瀬《ひろせ》藩の松平《まつだいら》様御家中の方だとは思うのですが、江戸詰めなのかどうか、調べていただければ有り難いのですが」

「その朝山が何なのだ」

「へえ……」

綸太郎は一瞬、言葉に詰まったが、傍らにある夫婦湯呑みを指して、「この湯呑みです。預かったままでしてな。お届けしたいのですが、名前しか分からしまへん。家紋が、亀甲の中に有の字」

「なるほど……」

内海も珍しい家紋のことは承知しているのか、小さく頷いて立ち上がった。

「分かった。だが俺は、おまえのように優雅な暇人《ひまじん》ではないのだ。今般の事件のこともある。調べがつかずとも文句は言うなよ」

「へえ。重々、分かっております」

そこへ峰吉が焙じ茶を持って来た。

「内海様、遅うなりました。湯が沸いていなかったもので」

「本当に遅いな。もういらぬわ」

と言って、不機嫌な顔になって立ち去った。表の坂道に出るのを見送って、

「どこぞ、性根の骨が歪《ゆが》んだまんま直らないのでしょうな。でも若旦那……朝山沢兵衛様を探して、どないしますのや。それは秦という下馬廻り同心だってことは……」

峰吉は立ち聞きをしていたようだ。もちろん、精之進のことは昨夜、話しているから知っている。

「それはそうやが、あの着物は借り物にしても、なかなかのものやった。それを何処から調達したか」

「たしかに……」

「それと、精之進さんは相手の素姓を知っている。実在の人やとな。なのに、相手の珠野様が精之進さんのことを、朝山沢兵衛なる人物だと思い込んで、この四年の間、会いに来ていたということやな、そういうことやろ？」

「へえ。何処の誰か分からぬ者に、会いには来ますまいな」

「仮にも作事奉行の妻だ。一夜を共にして別れたのならともかく、何年も続いているのだからな、ほんまにおる人かどうかくらいは調べてるはずや。その上で、やはり叶わぬ恋と諦《あきら》めて、逢瀬を楽しんでいたのかもしれへん」

「そうどすな……ま、私にはサッパリ理解できまへんが」

「ふむ。おまえは可哀想な奴やなあ。女を好きになれん奴は仕事なんぞでけへん。ましてや、刀剣や骨董を見ることなんぞ、できるもんか」

綸太郎は突き放すようにそう言うと、内海が飲まずに行った焙じ茶に手を伸ばした。

六

早速、鷹羽の屋敷を訪ねた綸太郎は、一度は門番から追い返されそうになったが、たまたま珠野が通りかかったので招き入れてくれた。だが、いつもの奥向きの部屋ではなく、離れの小部屋だった。

やはり、公儀の手抜き普請が暴かれたことで、屋敷内も前日までとは打って変わって、雰囲気はピリピリと重く澱《よど》んでいた。

「町方の旦那から、ちらりと話は聞きましたが……」

と綸太郎はさりげなく手抜き普請に関わる殺しの話に触れたが、さすがに珠野は余計なことは一切話さなかった。日頃の明るい笑顔も薄れ、しきりに周りを気にしているようでもあった。

「済みませんな、こんな立て混んでる折に」

「いいえ。表向きのことに、まったく疎《うと》いもので、私にも何がなんだか分からないのです。

咲花堂の綸太郎さんだから大丈夫と思って来て貰いましたが、もし迷惑があったら、申し訳ありませんね」

予《あらかじ》め謝っておく心遣いの細やかな女である。しかし、その裏では、夫を裏切る行為をしているのだと思うと、綸太郎は複雑な思いに駆られた。もっとも、かような美しい女御ならば、精之進ならずとも惹《ひ》かれようというもの。骨董で真贋《しんがん》を検分する時に見る〝佇《たたず》まい〟の良さというところであろうか。

「それでは、お女中の嫁入りどころの話じゃありませんな」

「あ、ええ……それが、お夏って子は……急に嫁に行くのは嫌だと申しまして、この屋敷にまだしばらく置いてくれと」

「え、そうなのですか？」

「ですから、折角、色々と相談に乗って貰ったのに、すべてがチャラになってしまって、綸太郎さんには何とお詫《わ》びしたらよいか。本当に……」

「いや、いいのです。気になさらないで下さい。でも、それより……」

と綸太郎は言いかけて詰まった。どう切り出してよいか分からなかったが、思い切って話しかけた。

「螢の宿のことで、ちょっと……」

「え？」

「朝山沢兵衛様のことで、お話をしておきたいことが」

珠野は吃驚した顔で、その大きな黒い瞳をじっと綸太郎に向けた。たじろぎそうになるのをぐっと我慢して、

「私は責めに来たのではありまへん。御主人にお話しするつもりも毛頭ありまへん。実は、あなたにこそ謝らなければならないと、そう申してる者がおるのです」

「……どういうことですか」

「あなたにとっては、少し残酷な話かもしれませんが、お察しするに本当は嘘の嫌いなお方に見えます。私も刀剣や茶器など、本物と偽物の境目を見極める商いをしているので少しくらいは、人の心も分かるつもりです」

唐突なことに珠野は、さらに笑顔が消えかかったが、綸太郎は一気に語った。

「螢の宿で……密会していた朝山沢兵衛と名乗る武士は、実は、下馬廻り同心の秦精之進という者なのです」

言っている意味がよく分からないと首を傾げる珠野に、

「あなたは騙されていたのです。いや、騙したのやおへん。その秦精之進という男は実に心優しい男で、私も深くつきあったわけではありませんが、まこと腹蔵のない人なんで

す。ただ少しばかり気が弱うて、己に自信がないというか……それゆえ、見栄を張って、あなたという人を失いとうなかった。そやさかい、自分は出雲の偉い大名に仕える藩士で、三十俵二人扶持の軽輩だということを隠したかったのです」

「あの……」

一気呵成《いっきかせい》に喋ろうとする綸太郎を留めようとした珠野に、そのまま続けた。

「お願いでございます。嘘は嘘として謝らねばなりませんでしょうが、その男の本当の思いだけは分かってやって下さいまし……あなたと一年に一度だけ会える。その楽しみがあるがゆえに、毎日の辛い勤めにも堪えられたんや。それが生き甲斐《がい》だったのや。叶わぬ恋だと知りつつも、ずっとずっと心に秘めていたんです。どうか、そのことは分かってあげて下さい」

「…………」

「恐らく二度と会うことはないでっしゃろ。でも、こうして……」

と綸太郎は、例の湯呑みを差し出した。丁寧に風呂敷の包みを開き、箱を開けて出して見せると、珠野にはそれが上等な古唐津だと分かったようで、

「まあ……」

と嘆息の声を洩らした。

「これは、朝山沢兵衛ならぬ、秦精之進がなけなしの金で買い求め、あなたに差し上げるつもりだった。いや、ただ差し上げるだけではない。正直に、精之進さんがすべてを話し、その上で、もし……」

「もし？」

「……もし、御主人と別れ、鷹羽の家を出てくれるなら、一緒に新たな暮らしをしてくれと、頼もうと決心していたのです」

「…………」

「だが、あなたは、今年は来なかった。だから、それはそれで良かったのかもしれまへん。一歩、間違えば、それこそ〝お互いの家庭は壊さない〟という約束を破ることになりますさかいな。それが大人同士の恋というものでしょう。しかし、本当は違ったのです……あなたには青天の霹靂《へきれき》かもしれませんが、精之進さんは、今年こそはと覚悟してたんです」

「――覚悟、を」

「はい……」

珠野はじっと綸太郎を見つめていたが、その瞳に輝きが生じると同時に、何がおかしいのかクスクスと笑いはじめ、しまいにはお腹を抱えるようにして声を出して笑った。だ

が、真剣に見つめ返している綸太郎に、急にバカバカしくなって、うふふ、おかしくなって、

「申し訳ありません。なんだか、急にバカバカしくなって、うふふ、おかしくなって、どうもごめんなさい」

と珠野は、しまいには涙目になって頭を下げた。綸太郎は肩すかしをくらったように、力が抜けた。どういうつもりで精之進と会っていたのか知らぬが、相手は真剣に悩んでいたのだ。珠野はただの火遊びかもしれぬが、そこまで笑うことはなかろうと感じたのだ。

「——ほんと、ごめんなさい」

「そんなにおかしいですか。あなたがしたことでもあるのですよ」

それには珠野は答えず、

「でも、どうして綸太郎さんが、その精之進さんのことをそんなに？」

「別に庇《かば》ってるわけではありません。ま、茶碗が結んだ縁とでも言いましょうか」

「縁ですか……」

「はい」

「だったら、これもまた奇縁なのですね」

「は……？」

珠野はもう一度、目元の涙の露を袖でそっと拭ってから、

「まず、言っておきますが、螢の宿で密会していた女は私ではありません」

「ええ？」

「私ではありません」

　キッパリと繰り返した。綸太郎は何か早とちりをしたか、あるいは精之進に担がれたか、少し戸惑った。

「その女とは、お夏です。私の侍女の、お夏です」

「嫁に出すという、あの……？」

　綸太郎はますます混乱をした。不思議そうに見やるのへ、珠野はもう一度、くすりと笑ってから、

「ふふ。綸太郎さん、私がそういう女に見えたのですか？　不義密通をするような」

「あ、いえ。しかし……」

「分かってます、分かってます」

　珠野はすべてを承知しているように頷いて、

「実は私も、つい先日、お夏から聞いたのです」

「と申しますと？」

「順を追って話しますと、そもそも、私がいけないのです」

と珠野は五年前の花見の時の話を始めた。

丁度、お夏が鷹羽の屋敷に入った頃のことで、何人かで飛鳥山《あすかやま》の方へ出かけたのだが、途中、着物が窮屈になったので、お夏に着物を替えて貰ったのだ。

珠野は元々、同じ旗本でも二百石の小身だったから、娘の頃には町場にはよく出歩いていた。それゆえ、町人が集まる甘味処や繁華な通りなどに詳しい。お夏を〝本陣〟に置いて、珠野は日がな一日、町娘のように買い物や芝居見物を楽しんだのであった。

しかし、その間に、お夏もぶらりと表に出たところ、タチの悪いごろつきに絡まれた。それを、たまたま助けたのが朝山沢兵衛と名乗る侍だった。

「二人がどうして惹かれ合ったのか、それは私にも分かりませんが、その人と再び会う約束をして別れたと言うのです」

と珠野は説明をした。

「お夏もその場限りのことと思ったのですが、宿下がりの折に、私の着物を貸してくれと言うのです。後で知ったことですが、お夏も見栄を張ったのですね。下女ではなく、どこぞの武家娘に見られたかった」

「…………」

「でも、相手の朝山という人は、その時の供侍たちから、どこの家中の者か調べていたのですね。お夏のことを、珠野という名の女、つまり、私だと思い込んだのです」

「そうだったのですか」

「はい。でも、はっきりと話せば済んだ話ですが、お夏は見栄というよりも、自分のような下女が恋なんぞをしてはならない。ほんの一時、過ごせられるだけでいい。そんなふうに考えるようになったのです」

綸太郎は複雑な思いで、しんみりとした顔で聞いていた。

「ですから、その秦精之進さんが思ったのと同じように、相手のためを思って、深入りを避けるがために、私の名を使っていたのです。さすれば、決して婚姻を迫って来ることもありませんからね……相手は身分の高いお侍だと思ってたわけだから、お夏は……」

「お互い、相手とは身分違いの恋だと思い込んでいたわけでんな」

「そういうことですね」

「だったら話は簡単やありまへんか」

と綸太郎は、珠野と一緒に、二人を結びつけてあげようと言った。

「でも、そう容易にはいきません。なぜなら……」

「嫁にくれという相手なら、断ったのでございましょう？」

「いえ、そういうことではなくて」

珠野は言いにくそうに目を伏せて、「実は、お夏には、もうひとつ、綸太郎さんに聞いて貰わなければならない大切な話がありまして……」

「大切な？」

綸太郎が首を傾げたその時、人の気配がしたかと思うと、渡り廊下から声がかかった。おっとりとしたお夏の声だった。

「失礼致します……」

障子戸を開けて顔を出したお夏は、いつもと変わらず、茶具を運んで来たのだが、話を聞いたばかりなので、綸太郎は平然と見据えることができなかった。

「ああ、そこに置いてくれて結構よ」

早く追い返したそうだった珠野の気持ちに勘づいたのか、

「珠野様……いえ、奥方様。私、やはり、おいとまを戴《いただ》きとうございます」

「え？　どうしてなの、急に」

「これ以上、ご迷惑をかけることはできません。ですから、お屋敷から出とうございます。本当に長い間、色々とありがとうございました」

と、お夏はすっかり決めつけたように断言するのへ、

「どうかしたの？　私が無理に嫁に行けと勧めたから、怒ったのかい？」

「そうではありません。むしろ逆です」

お夏は丁寧に、急須の他に湯の入った鉄瓶と、茶葉の入った樺《かば》細工の筒を置いて、その場で茶を淹《い》れながら、「私は果報者です。やはり、御殿様が世話をして下さるとおり、私は嫁に行こうと思います」

「待て、お夏」

思わず綸太郎が声をかけたが、珠野は首を横に振った。言うな、との合図だ。それが何を意味をしているのか、その時の綸太郎には分からなかったが、あまりにも険しい珠野の目に口ごもった。

お夏は茶を淹れてから、ふと目の前の、夫婦湯呑みに気がついた。

「あら……とても素敵ですね」

ぽつりと呟《つぶや》いて、しばらく見ていたが、それこそ自分とは釣り合わぬ上物だと思ったのであろう。軽く会釈すると、

「では、奥方様。御主人様にお話しした上で、宿を下がります。それから……派手な祝言などせずに、嫁いで参りたいと思います」

と言って立ち去った。

本当なら、お夏に手渡されたはずの湯呑みが目の前にある。だが、そうとは知らないお

夏が踏む廊下の足音は、すぐに遠ざかった。

七

その夜、綸太郎は愕然《がくぜん》と肩を落として、珍しく一人で冷や酒を飲んでいた。

「冷や酒は体に障《さわ》りますぞ」

隣室で、縫い物をしていた峰吉はチラリと目を流した。ごろんと寝そべったままで、先刻から唸りながら飲んでいるのが、どうにも京の咲花堂を継ぐ御仁《ごじん》には見えなかったからである。

「ふだんから、きちんとして下さいまし。このところ売上げもあきまへんし、本家の方からは、このままでは店を閉めると文が届いておりますよ」

「そうか」

「そうかやおまへんがな。若旦那の道楽のために店を出したのではないと、御主人はおかんむりでっせ」

御主人とは綸太郎の父親・上条雅泉《がせん》のことである。

「峰吉……おまえ、なんで嫁を貰わなかったのや」

「は？」

「一生、独り身というのも寂しいものやろ」

「なんですか若旦那。またぞろ、誰か惚《ほ》れた女でもできましたんかいな」

「そうやない。あの夫婦湯呑みを見てるとな。そんなことを思うたのや」

店の棚の片隅に、箱ごと置いてある湯呑みを眺めていた。

「私はほれ、ずうっと咲花堂に奉公してから、仕事一筋ですので。そりゃ惚れた女の一人や二人はおりましたが、縁というものは難しいもんでっさかいな」

「難しいものか、縁とは」

「へえ。人間が、自分じゃどうしようもできへんのが縁とちゃいますか」

「そんなもんかな」

「どないしはったんです、若旦那。熱でもあるんどすか。安物油の行灯やあるまいし、若旦那は暗いの、似合いまへんで」

「そうか……そやな……」

綸太郎はもう一杯、冷や酒をぐいとあおると、珠野の話がじんわりと脳裡《のうり》に蘇《よみがえ》ってきた。なんとも辛い話に、

——聞くのやなかった。

と今更ながら、綸太郎はしょげていた。

珠野の言い草では、まるで、お夏はすぐにでも死ぬと思われた。

『あんな元気そうに見えますが、実は三月《みつき》ほど前に、肺の中に悪いモノが見つかったのです。庭掃除をしている時に急に血を吐いて、そのまま気を失ってしまったのです。直ちに、私がかかりつけの医者を呼びつけて診《み》させたら……死相が出てる、と言うんですよ』

という珠野の声が繰り返し、綸太郎の頭の中を酒と一緒に回る。

『たしかに一年程前から、小さな咳が出ていたり、貧血で倒れたりすることはありましたが、まさかそんな重篤《じゅうとく》な病になるとは思ってませんでした。で、半月程前に風邪も併発して寝込んでいたのですが……綸太郎さんの言う、螢の宿、ですか。そこに行くために何とか治そうとするのですが、なかなか思うように回復しません』

珠野は医者をつけて、二晩も三晩も看病したという。
四、五日してやっと起きあがることができたお夏は、
「あさっては、どうしても宿下がりをしたいのですが、構いませぬか？」

と珠野に尋ねた。その時に、初めて珠野は、神楽坂の『螢の宿』に誰かと泊まるということ、しかも一年に一度だということを知ったのである。

「で、相手は誰なのです？」

珠野が訊くと、お夏は困惑したようにもじもじするだけだった。

「水臭いわね。私にも言えないこと？」

「それが……」

「大丈夫。屋敷の者や他の女中には内緒にしとくから」

お夏の口から、朝山沢兵衛の名前や珠野のふりをしていたなどを正直に聞いた。相手が何処の誰かも分からないとは、呆れ果てたが、それほど惚れているのならばと、すぐさま珠野は、その男の名や家紋などから探し当てた。

すると出雲広瀬藩に同じ名前の男がおり、四谷《よつや》御門外にある上屋敷詰めの藩士だと判明した。ところが、朝山沢兵衛には国元に妻子がおり、江戸にも馴染《なじ》みの女が何人かいるという、いわば〝女たらし〟であった。

「あなたは、いいように遊ばれていたのよ。そりゃ一年に一度のことかもしれないけれど、殿方というものは、そういう遊び心を駆り立てて女の心を弄《もてあそ》ぶものです。そんな馬鹿げた逢い引きなどせず、本当にあなたのことを好いてくれる人と一緒になりなさい」

と珠野は、お夏を慰めて、二度と会わないように助言したのである。お夏は戸惑っていたが、己が播《ま》いた種だと諦めて、納得したのだった。

その一方で、お夏を貰ってくれる人を捜していたのである。しかし、病弱なお夏を欲しがる者などおるはずもなく、鷹羽家としても、いつ死んでもおかしくない女を嫁に出すのも忸怩《じくじ》たるものがある。

だが、そんなお夏でも欲しいと申し出てくれた人がいるという。

『それは、誰ですか』

と綸太郎は珠野に尋ねたが、正式に決まるまでは何処の誰兵衛かを公表しないと、用人に言われているという。

『本当は、そんな人はいないのかもしれません。お夏を慰めるために、主人が作った空事《そらごと》かもしれません』

珠野がそう言って、自らも納得させるように寂しく頷く姿を、綸太郎は酒を飲みながら、思い出していた。嫁入り道具や祝言に使う食器や飾り物などを並べて、楽しそうにしていたのは、珠野がお夏の気晴らしをするためだったのかと改めて思った。

それにしても、綸太郎には割り切れないものがある。お夏の本当の相手が、朝山沢兵衛なる身分のある武士ではなく、秦精之進という同心だと分かったのであるから、二人を引き合わせてもよいのではないか。綸太郎はそう考えたが、珠野は頑なに反対した。

『お夏は心根のいい女です。恐らく、自分が先行きのない女だと気づいております。そんな女が、本当に惚れた男のもとに行くと思いますか？』

『俺なら……行きますがね』

『私は違います。本当に惚れた殿方には、迷惑をかけたくありません。螢の宿が、お夏にとって、夢心地に浸《ひた》れる所であったのなら、きっと綺麗な想い出のままにしておきたいのだと思います』

『でも……』

『綸太郎さん。女とはそういうものです。騙《だま》されたままの方がいいのです。もしも、相手の人も嘘をついていたと分かったら、お夏はもっと苦しみます……自分は一体何をしていたのだと悩みます……螢の宿の思いを胸に秘めて、このままそっと死を迎えさせてあげた方が、私はいいと思います』

　男の綸太郎には釈然としなかった。しかし、お夏が心のどこかで、

——相手のことを思って身を引く。

　というふうに納得しているのであれば、それはそれでよいのかもしれないと切々と感じざるを得なかった。

「のう峰吉……やはり嘘は必要なのかなあ、人を騙すのではのうて、励ます嘘は」

「なんどす？　やっぱり若旦那はおかしいですよ」

　その時、玄関扉が激しく叩かれた。咲花堂の玄関は二重になっており、内玄関に暖簾が

かけられている。泥棒避《よ》けのためもあるが、骨董品が傷まないための工夫でもある。

　峰吉が出ると北町同心の内海だった。

「咲花堂。おまえの探し人のことが分かったぞ」

「ああ、そのことなら、もう結構でございます。分かりましたから」

「む？」

「出雲広瀬藩士、江戸詰めで国元に妻子があって……」

「なんだ、知っておったのか」

「はい。ですから……」

「では、その者の家が、あのボンクラ同心の秦精之進の母方の実家ということも、承知しておるのか」

「はあ？」

「ふむ。そこが素人《しろうと》と俺の違いだな」

　と内海は少し自慢げに鼻を突き上げた。

「精之進さんのご親戚？」

「だから、精之進とは従兄弟《いとこ》にあたるわけだな。俺も、あいつをぶん殴って怪我させなくてよかった。大名に縁のある者となりゃ色々と面倒だからな」

「そうですか、あの人がねえ。それで、どことのう品があったのやろか」

「まあ、精之進の母親はよほどの物好きだったと見える。側室の腹とはいえ、広瀬藩三万石のお姫《ひい》様が、わざわざ御家人でも最も軽輩に嫁いだのだからな、恋は盲目というが、なるほど妙な塩梅だ」

「さようでしたか……」

それで亀甲の家紋の謎は解けた気がしたが、それよりも綸太郎は、精之進の母親のひたむきな恋が、なんとなく嬉しくなった。

「なにを笑うておる、気色悪い」

店の奥まで来て、遠慮なく上がり框《かまち》に腰掛けた内海は、すぐ奥で横になったまま酒を飲んでいる綸太郎に、

「なるほど。こちとら、足を棒にして歩き回ってるというのに、〝ええしのボンボン〟は暢気に寝酒というわけか」

「まだ寝まへん」

「無駄口はいい。それより、鷹羽様の屋敷の中のことだ。被官の友田儀三郎は匿われていたか。どうなのだ」

綸太郎は起きあがって、旦那もどうですと勧めると、元々酒好きなのであろう、内海は

遠慮なく杯を受けて、

「どうなのだ。いたのか？　こっちも手の者が探しているのだが、役所にも屋敷にもおらぬのだ。やはり鷹羽様が……」

「被官の友田というお方は屋敷内におりませんでした」

「たしかか？」

「はい。私も子供の使いではありません。真っ向勝負をして来たんどす」

「真っ向？」

「はい。公儀の手抜き普請のことは、秦精之進から色々と聞いた上で調べました。そして、その話をもとに、私も手を尽くして調べてみました」

仮にも咲花堂は、本阿弥《ほんあみ》家を本家とする刀剣目利きである。徳川御一門をはじめ、譜代の大名、大身の旗本とは深い繋《つな》がりがある。もちろん、刀剣や書画骨董を介してではあるが、始祖である本阿弥光悦《こうえつ》は徳川家康の隠密頭だったという噂もある。

それゆえ、本阿弥家の流れを汲む上条綸太郎が、諸国遍歴をしていた折には、

――隠れ巡検使ではないか。

と諸大名が気を配ったほどである。もちろん、そんな事実はない。綸太郎はただただ、馬の合わぬ父親に反発して、世に出て見聞を広めて技を磨き、骨董を見る目をさらに肥や

したいがために旅をしたにすぎない。

しかし、いざという折には、幕府の機密を漏れ聞く立場にはあった。今般の公儀普請の不正については、元々、幕閣の間でも問題になっており、

——何処かで手抜き普請が見落とされておる。篤と調べよ。

と作事奉行から命じられていた。

祝言話ということで、綸太郎が鷹羽邸に何度か足を運んでいたのも、たまさかのことではなかったことは、誰も知らないことだ。

作事奉行の下には、作事方大工頭や被官とは別に、作事方仮役《かりやく》という役職があった。作事に使われる材木や石材などの大きさや質を吟味し、設計通りに普請を進めているかを監督する奉行直属の役職である。

六十俵五人扶持という軽輩ではあったが、不正があれば奉行はもとより、事案によっては老中に直《じか》に申し立てる権限もあった。ゆえに、御家人の中にはこの職を望む者が多く、作事方として出世の階段を登ることも夢ではなかった。

しかし、その仮役が、大工頭らと一緒になって不正に荷担していたとなれば、どんな危険な手抜きがあっても表沙汰にはならず、誰も気づかないことになる。

「……で、どうなのだ」

内海が急《せ》かすように訊くのへ、綸太郎は端然と答えた。

「大工頭の片山佐久馬《かたやまさくま》、被官の友田儀三郎、そして、作事方仮役の藤倉伊八《ふじくらいはち》――この三名が、公儀普請の金を私《わたくし》するために、誤魔化《ごまか》したと判断するしかあらしまへん」

「！――まさか、そんな……公儀の普請に携わる者が、皆が皆、ぐるになって、さようなことを……」

「ほんまにやってたかどうかは、それこそ町方をはじめ、評定所など御上《おかみ》の仕事でございましょう。でも、普請や作事にかかる金の出入りは、被官と一緒に、勘定吟味役が調べることになってるはずや」

「――てことは」

「そうです。大工頭や被官、作事方仮役は所詮は普請現場を誤魔化すにすぎまへん。実際の金の流れを摑《つか》んでる者が、その不正を承知してたとしか思えまへんでしょ？」

綸太郎は、普請に関わった誰かが狡《ずる》いことをやった程度ではなくて、誰かは分からぬが幕府重職の〝御下命〟があったからこそ、できた話ではないか、と考えていた。

「つまりは、私たちではどうしようもない大きな力があるということです」

「まさに……」

「ま、世の中にはようありがちなことですがな……だけど、知らん顔してたら、建物や橋が崩れて、そこに住みはる人だけやのうて、近所の人にも迷惑がかかる。内海の旦那、せいぜいキバって、その殺された大工の下手人を探して、そこからズルズルと悪い奴らを芋《いも》蔓《づる》みたいに引きずり出して下さいな」

と綸太郎は内海を鼓舞したが、肝心の被官友田儀三郎が見つからなければ、真相を暴く緒《いとぐち》にも辿り着けない。

「その友田って人は、鷹羽邸内にはおりませんが、これだけの町方の目をかいくぐって、どこぞ遠くに逃げたとも思えまへん。かと言って、捕まってしまえば手抜き普請が明らかになる。見つからないということは、既に何処かで……」

消されている可能性もあると綸太郎は推察した。同じことを考えていた内海も、すべての探索が徒労に終わるのかと愕然となった。

八

案の定、友田儀三郎の自刃した遺体が発見されたのは、その翌早朝のことだった。

事もあろうに、鷹羽の屋敷の表門前で、白装束の上で割腹して果てていた。傍らの白木の三方《さんぽう》には文鎮に挟まれた遺書が残されており、それには、

『作事奉行鷹羽兵部様には多大なご迷惑をおかけいたしました。作事方被官として、あるまじき不正をし、それを知りたる大工桑吉を口封じに殺したること、不届き至極の所業でありました。ここに一命をもって陳謝したく存じます。御免』

と淀みのない達筆で墨書されていた。

その騒ぎは、よみうり屋などを通じて巷《ちまた》にも知られることとなったが、いわゆる蜥蜴《とかげ》の尻尾切りになってしまったことは、誰もが感じ取っていた。

殺されたのか、それとも追いつめられた友田が、あてつけに鷹羽の屋敷の前で切腹をしたのか。それは謎である。とはいえ、監督する立場であった鷹羽兵部の責任も問われることとは間違いない。このますべてを闇に葬るためにも、鷹羽兵部は作事奉行を辞するしかなかった。

近いうちに拝領屋敷から立ち去り、鷹羽は無役の旗本として余生を過ごすことになりそうだが、妻の珠野は黙ってついていくことに決めた。

この騒動の中で、お夏の嫁入り話も立ち消えになりそうになった。が、珠野はお夏の先行きの面倒を見たいと同行させ、

――お夏を病気と承知で嫁に迎える。

という奇特な御仁に嫁がせる準備も整えていた。そんな珠野の酔狂に、主人の鷹羽兵部

も後押しをした。鷹羽自身も元はといえば、身分の低い御家人である。一代で築き上げた栄華もこれまでと引き際だけは大切にしたかったのかもしれぬ。それがために、人の道として、お夏の始末だけはつけたかったのであろうか。

もっとも、当のお夏は、まさか自分が死ぬとは思っていないであろうが、嫁に行くことを本当は迷っている。たとえ相手に妻子があろうとも、想い出だけを胸に秘めて生きていくということだってできる。

そんな日々の中で、お夏の体は痛々しいほど日に日に弱っていった。心が痩《や》せると、身も細るのであろうか。

一方――。

秦精之進の方は、手抜き普請の不正を知りながら、追及できないことに忸怩《じくじ》たる思いを抱いていた。下馬廻り同心は、幕閣や旗本の家臣から色々な話を耳にする機会がある。それゆえ、前々から、作事方の不正の噂は知っていたが、自分では何もできなかった。

所詮は下馬廻り同心である。大きな事件とは関わりがない。友田儀三郎を捕らえられる機会があったとしても、自分一人で捕縛することは無理であったろう。人には分というものがある。大きな不正や危難を目の前にして、とても太刀打ちできないことには二の足を踏むものだ。

それに未《いま》だに、お夏のことを、鷹羽兵部の妻の珠野だと思い込んでいるから、

「珠野様は一体、どうなるのか。これから、しっかり生きていけるのか」

と心配で心配でならなかった。何事も、

——私のせいだ。

そう自責の念に駆られる癖《へき》のある精之進は、作事奉行が手抜き事件の責任を取って辞任をしたのも、珠野と不義密通をしていたからバチが当たったのだ。そう考えるようになっていた。

だからという訳ではないが、下馬廻り役の仕事にも身が入らず、ますます情けない同心になっていったのである。傍《はた》から見ていても、生きているのか死んでいるのか分からないというくらいに、しょぼくれている。人が生きる上で、小さな喜び、ほど心の支えになることはない。

精之進にとって小さな喜びとは、螢の宿での珠野との逢い引きだった。しかし、それが叶わぬ現実となった今、精之進は半歩でも違う人生を歩まねばならない。少しでも違う喜びを見つけなければならない。

そんなある夕暮れ。

精之進がふらりと咲花堂を訪ねて来た。

綸太郎は何事もなかったように、爽《さわ》やかな笑顔で精之進を出迎えた。

「亭主……いや若旦那は本当に有り難い人ですね」

と頭をこくりと下げた精之進には、どことなく寂しそうな笑みが漂っていたが、それは絶望ではなく、むしろ一条の光を見つけた目だった。

「小さなことだが、私にでもできることがある。そう気づいたのです」

綸太郎は深くは訊かず、

「そうですか。それはよろしゅうございました」

とだけ答えた。

「時に、あの湯呑みだが、まだ置いてくれてあるかな」

「へえ。大事に取ってあります」

綸太郎は客に見えないように上がり框の裏側にある棚から、夫婦湯呑みの入った桐箱を取り出して来た。精之進の前で、蓋を開けて確認をして貰うと、

「やっと使うてくれる気になりましたか」

と訊いた。精之進は照れ臭そうにほんの微かに笑みを洩らしてから、

「使い回しというわけではないのですが、ようやく、私に相応しい人が見つかりました」

「はい。お恥ずかしい話だが、ま、若旦那は承知してくれてるからなんですが、やはり不義密通はいけない。相手にそれを強《し》いた私も同罪です。本来なら、鷹羽様に斬り捨てられても、しょうがないことですから」

「そういう話はもうなさらない方がよろしいですよ」

「え……？」

「どこで誰が聞いてるかも分からしまへん。今は穏やかに暮らしている奥方にも、それこそ迷惑がかかるかもしれませんしね」

「そうですね。まさに、あなたが言うとおりだ。これは迂闊《うかつ》だった」

納得して頷くと、精之進は湯呑みの桐箱を自分で持参した風呂敷に包んでから、

「しかし、かような絶品を一両とはいかにもお恥ずかしい。私の気持ちとして……」

と小判を五枚、差し出して来た。

「あ、いや。どうか取って下さいまし。これでも私は……」

出雲広瀬藩には縁があると語った。しかし、今日は亀甲の紋ではなく、いつもの黒羽織の同心姿であった。綸太郎は初めて聞いたふりをして、

「いや。これは結構でございます」

「そうなのですか？」

五両を押し返したが、

「いいのです。この夫婦湯呑みは、縁起がよいもので、願いが叶うかもしれないと、若旦那は言ったじゃないですか」

「はい」

「そのためなら、五両くらい安いもんです」

精之進は湯呑みを大事そうに両手で抱えると、静かに頭を下げて、

「では、失礼した……ああ、実は、またぞろ、その〝螢の宿〟に今から参ります」

「ええ？」

「そんな嫌らしい顔をしないで下さい。ま、私も未練がましいですが、これが最後ですのでね。本当に最後ですので、ちょいとそこまで……」

と消え入るように言うと、もう一度、礼をして、ゆっくりと表に出て行った。


螢坂の下に、瀟洒《しょうしゃ》な宿はひっそりとあった。

まだ陽は沈んでいないのに、門灯籠がぼんやりと灯っている。

女将に案内されるままに、精之進はいつもの離れに行った。

ちろちろと床下の石樋を流れる水が、冷気を漂わせていて、一日中、陽に照らされてい

た縁台を涼ませているようだった。まだ温もりの残っている畳に座ると、精之進は咲花堂から持って来たばかりの湯呑みを出して、そっと並べた。

ぼんやりと眺めているうちに、湯呑みの清らかな色合いに引き込まれそうになった。少し陽が傾いて、庭がすっかり近くの武家屋敷の屋根の陰になってしまった。宿は谷底のような所だから仕方がないが、湯呑みだけは光を放っているように浮かんでいた。

喧噪《けんそう》から遠ざかっている宿に、俄《にわか》にざわめきが起こった。

女将が廊下を歩いて来て、

「お連れ様が参りました」

とニコリと会釈をして、そのまま立ち去って、入れ代わりに珠野が入って来た。そして、その後ろには、お夏が立っていた。

「——!?」

精之進は仰天して、お夏を凝視した。もちろん、お夏は武家の奥方の姿ではない。娘らしい美しいいでたちである。しかし、病やつれの弱々しいお夏は、精之進が知っているお夏とも少し違う。一体、何があったのかと驚かざるを得なかった。

お夏の方も、部屋の入り口の所で、同心姿の精之進を見て、茫然《ぼうぜん》と立ち尽くしていた。目が点になるとは、まさしくこういう顔のことであろう。

「私が、鷹羽兵部の家内、珠野、でございます。お初にお目にかかります」

「あなたが……た、珠野⁉」

腰が抜けそうになった精之進は、あたふたとなったが、とっさに正座をしてしっかりと頭を下げた。精之進は額を床につけたまま、

「下馬廻り役、は、秦精之進でございます」

珠野も頭を下げて、

「このたびは、うちの女中、お夏とのお見合い、引き受けて下さり、ありがとうございました。主人の私からも御礼申し上げます」

「あ、はい……あの……」

「病がちなお夏を快《こころよ》く嫁にして下さるというので、本当に安心しておりまする。何卒、よろしくお願いいたします」

「——え、はい。その……はい……」

精之進は顔を上げたものの、どう答えてよいか分からず、戸惑っていたが、じっと見つめていたお夏は、思わず近づいて、

「あなたでしたか……そう、あなたでしたか、こんなお見合いに応じてくれた奇特なお方は、あなたでしたか……」

お夏は、するするとすべてが納得できたような顔になった。

「珠野様。またぞろ、私に悪戯《いたずら》をしたのですね。知ってて、悪戯を……」

「いいえ。私がお見合い相手の名を、主人から聞いて知ったのは、つい先日のことです。見合い場所をここにしてくれと先方から言われたのも」

「……………」

「でも、あなたたちのことは、咲花堂さんから聞いて、少し前から知っておりました。これもまた奇縁。末永く誓い合うがよろしいでしょう」

精之進は訳が分からなかったが、目の前にいるお夏こそが、会いたかった人であることは事実である。それは同時に、重い病を持った女が、お夏だということを知った瞬間でもあった。

珠野はもう一度、精之進の本当に奇特な誠意に感謝した。だが、精之進は恥ずかしくて穴があったら入りたかった。なぜならば、

——鷹羽家の女中を嫁に貰えば、珠野に会える機会があるかもしれぬ。

そう思っていたからだ。そのいぎたない心が、どうしようもなく恥ずかしくて、精之進は嗚咽《おえつ》するように泣き崩れた。

だが、お夏にとっては、望外の喜びであった。

「秦……精之進様。お顔をもう一度、よく見せて下さい。ああ、この人だ……たしかに、この人です。私が会いたかったのは、この人です……」

お夏は打ち震える精之進の手を取って、しみじみと見つめるのだった。

珠野は微笑で頷いて振り返ると、廊下には綸太郎が立っていた。通りがかりに、咲花堂に立ち寄った珠野に、話をすべて聞いたのであった。

薄暗くなった庭の竹藪に、ぽっと螢の光が浮かんだ。

まるで二人だけの逢瀬を楽しむように、小さな薄明かりがふたつだけ、ひらひらと点滅しながら、竹藪の中をゆらゆらと舞っている。

——夫婦湯呑みがやっと役に立つかもしれない。

と綸太郎は思った。

気持ちが変われば、体も変わる。来年も同じ景色を二人して見られればよいのにと、綸太郎は心から願っていた。

第三話　梅は咲いたか

一

露地には魔力がある。迷ってしまった時に抜け出せない心地よさと言ってもよい。

上条綸太郎が神楽坂の住人となって、まだ一年にも満たないが、生まれ育った京と何処《どこ》か似ているような、それでいて異質な文化に触れた喜びを毎日感じながら暮らせる町である。

この町には、〝朝顔、昼顔、夜顔〟の三つの顔があるという。

朝は豆腐や蜆《しじみ》売りなど物売りの声。昼は人通りの激しい賑《にぎ》やかな往来となり、夜はしっとりと落ち着いた座敷着の芸者が現れる。まさに綸太郎が通いつめた祇園《ぎおん》を凝縮したような坂の町だった。

違うのは耳に入って来る言葉のなまめかしさの違いであろうか。はんなりとした京言葉もよいが、慣れれば江戸のべらんめえ調も心地よい。殊《こと》に小粋《こいき》な姐《ねえ》さんがするりと洩《も》らす声には、心の襞《ひだ》がくすぐられる。

綸太郎は、刀剣や書画骨董《こっとう》を探すのはただの商いではなくて、相性のよい女を探すのに似ていると常々感じていた。あるべき所にあるべき物があるように、人もそうあるべきであろう。

——とすれば、ここが私の落ち着き先か。

と折に触れて思う、春近い晴れた日の昼下がりであった。

いつものように七福神毘沙門天《びしやもんてん》を祭る善国寺《ぜんこくじ》境内《けいだい》の、まだ咲かぬ梅の枝などを眺《なが》めながら店に戻って来ると、背中を丸めた着流しの侍が行きつ戻りつしている。

『神楽坂咲花堂』は暖簾《のれん》も出していなければ軒看板もない。白木の格子扉に紅殻《べんがら》塗りの連《れん》子《じ》窓が目印で、一見すると料理屋のようにも見える。江戸に多い紺暖簾や日除《ひよ》けの幟《のぼり》や幕もないので、入りづらい雰囲気がある。これは別に京の風習というわけではないが、

——本当に訪ねたい人だけ来て下さい。

という意味合いがあるのかもしれぬ。敷居が高い感じがするのは否《いな》めないが、綸太郎はその風情《ふぜい》も、武家と町屋が混じっている神楽坂だからこそ受け入れられたと思っている。

「どうぞ。お入り下さい」

薄手の縮緬《ちりめん》の長羽織を着た綸太郎を振り返った侍は、四十がらみの少し草臥《くたび》れた様子の浪人だったが、少しこけた頬に骨がはっきり浮かぶくらいに綺麗《きれい》に髭《ひげ》を剃《そ》り、髷《まげ》も清潔に結ってあった。

「咲花堂の上条綸太郎と申します。うちに用事があるのではないのですか？」

「あ……あなたが、ご亭主ですか」

意外に若いと思ったのであろう。刀剣目利《めき》きならば、もっと円熟した恰幅《かっぷく》の良い人物を想像していたのかもしれない。

「あの、私のような者でも、店に入ってよろしいのでしょうか」

「そんなに入りづらいですか？」

と綸太郎は微笑《ほほえ》みかけて手を差し伸べるようにして、格子戸を開き、

「どうぞ、どうぞ。遠慮なさらずに、ささ」

「では失礼いたします」

少し緊張の面持《おもも》ちで浪人は店の中に入ると、玄関の中に踏み込みがあって、そこに桜色の暖簾が垂れているのを見て、再び驚いたようだった。

京では特段、変わった店構えではないのだが、江戸の人には敷居につっかえたような感じがするのであろう。

しかし、店内は広くはないが、ゆったり歩けるように刀剣、茶器、壺、屛風《びょうぶ》、漆細工《うるしざいく》などが整然と並べられており、初めて覗《のぞ》いた者にもちょっとした安堵《あんど》感を抱かせる。

「私……摂津《せっつ》浪人、加納与五郎《かのうよごろう》と申します。訳あって、これを引き取っていただきたいのですが……」

浪人は遠慮がちに鞘袋《さやぶくろ》に包まれたままの刀を差し出した。

「へえ。拝見いたしましょう」

と綸太郎が両手で丁寧《ていねい》に受け取ると、何とも言えぬ手応《てごた》えがあった。羅紗《らしゃ》の布から取り出すなり、ハッと目を見張った。

「ほう。立派な梅花皮《かいらぎ》の差料でございますな」

綸太郎は素直に声を洩らしたが、顔は正直だ。どうしてかような立派な刀を、一介の浪人が持っているのだという表情になったのであろう。加納はすぐさま察して、

「私がかような刀を持っていることが腑《ふ》に落ちないのでございましょう。でも、どこぞで盗んだものでもなければ、借りたものでもありませぬ」

「そんなことは思っておりまへん」

「私のうちに代々伝わっていたもので……情けない話ですが、どうしても手放さなければならないことになりまして」

梅花皮とは、エイの皮を巻いて黒漆で塗り固めたものである。それが丁度《ちょうど》、梅がパッと咲いて、闇夜に鏤《ちりば》められた紋様となることから、その名がついた。エイは長崎貿易でのみ得られるものゆえ、贅沢《ぜいたく》な鞘であるから、めったに持てるものではない。

しかも本身は名刀国宗《くにむね》で金地の鍔《つば》。少し保存の仕方が悪い他は、文句のつけようのない

逸品で、綸太郎はすぐにでも欲しい業物《わざもの》であった。

「これには、おそらく、同じ脇差もあると思うのですが」

と綸太郎が訊《き》くと、

「あ、はい。それは……恥ずかしながら、既に質屋に入れておりまして……流れてしまいました」

「質屋に……勿体《もったい》ない。でも、両方揃《そろ》っておれば、恐らく二百両は下りまへんのに」

「に、二百両⁉」

一般的な刀剣なら、三両ほどで買える。上物なら十両から二十両。五十両出せば、実用刀としても鑑賞用としても立派な刀を手にすることができよう。

しかし、両刀揃っていないとなると、美術品としての値打ちは下がらざるを得ない。

「あ、でも亭主。値は幾《いく》らでもよいのです。どうせ私が持っていても役に立たぬもの。剣術の腕もカラキシですからね」

「そうですか。では、五十両で如何《いかが》でしょうか」

「そ、そんなに⁉」

「こういう言い方をしては何ですが、あなた様はよいご先祖をお持ちになりましたな。刀は武士の魂と申しますが、今は食わねど高楊枝《たかようじ》という世の中ではありまへん。これ、五十両で、預からせていただきます」

「預かる……」

「へえ。質流になったという脇差も私が探し出しておきましょう。それで、あなたが買い戻せるようになったら、いつでも取りに来て下さい。それまで置いておきますよって」

「――そんな申し訳ない」

「いいえ。私の本職は刀剣や骨董の売り買いではありまへん。目利き、どっさかいな」

加納のしょぼついた瞳の奥には、ふつうの人とは違う、どこか芯《しん》のある輝きがあった。己《おのれ》に忠実、人に誠実という言葉があるが、まさにその重みを知っている眼力があるように見えた。

「あなたのその目を信じます。きっと事を成し遂《と》げるお人でございますよって」

「これは買い被《かぶ》られたもんです」

と加納は頭を掻《か》きながら、自嘲気味に笑って、

「それほどの人間ではありません。私はずっと負け犬と呼ばれていた下級武士です。落ちるところまで落ちると、自分でも笑ってしまうものですから」

「いえいえ。そういう卑下《ひげ》すら、むしろ温《ぬく》もりがある。それこそ、本当に駄目な者がそういう言い草をすると、皮肉にしか感じられないものですが、あなたには達観した何かがあ

る。人を癒《いや》す力がある。そのあなたを信じて、この刀も預かりたい。そう思うたのです」

加納は実に有り難そうに頭を下げて、身分を名乗ろうとしたが、

「いえ。それはお聞きしますまい」

「――は？」

「刀というものは、それを持っていた人によって、良いもの悪いものという思い込みができてしまいます。それなれば、きちんとした目利きもしにくくなるのどす。刀は刀。あなたはあなた……いずれ取り戻しに来た時に、あなたのことは分かるでしょうから、お名前だけで十分でございます」

綸太郎は住まいも経歴も訊かずに、五十両を差し出した。加納はもう一度、深々と頭を下げると、まるで神社仏閣にでも参ったように長く時をかけて黙想するように、目を閉じたまま五十両を胸に抱きしめて立っていた。

「ありがとうございます。咲花堂さん。私、あなたに武勇まで戴《いただ》きました。必ずや、私なりの恩返しに参ります。それまで、よろしくお願いいたします。御免」

来た時の様子と少し変わった加納は、心なしか背筋を伸ばし、しっかりとした足取りで店から出て行った。

事の一部始終を見ていた峰吉は、

「またぞろ、悪い虫が走りましたな」

「走る？」

「ええ。若旦那は見境なく走りまっさかいな。たしかに、この差料は立派なもんどす。私にかて分かります。しかし、五十両はあんまりやおへんか？　どう見積もっても、この手入れじゃ、十両でっせ。しかも両方なら二百両やなんて……どんな目利きでっか。大概にしとくんなはれ」

「おまえは何処に目をつけとるのや」

と綸太郎はピシャリと膝《ひざ》を叩いて、

「この刀を研ぎに出し、鞘も磨き直してみなさい。おそらく、幕府の重職や大名にとっては垂涎《すいぜん》ものや」

「では、それを見越して若旦那は……」

「そうやない。あの加納って人は必ず、いつか店に戻って来る。その時にこそ、真価が分かろうと言うものや」

峰吉は綸太郎の思惑がいまひとつ分からないでいた。

「人を見て商いをせえとは、本家の主人の言葉ですが、名だけ聞いたかてねえ……とても、若旦那が人を見抜けるとは……」

たと言うた」

「名で充分や。摂津浪人、加納与五郎と名乗ったやないか。しかも、この刀は代々伝わっ

「へえ……」

「分からんか。加納与五郎という名は、本因坊《ほんいんぼう》の家を継ぐ者の名や。おそらく兼次《けんじ》はんやろう。それに、あの目つきにあの指先……繊細かつ大胆な碁《ご》打ちの体やがな」

本因坊とは、安井《やすい》、井上《いのうえ》、林《はやし》と並ぶ、〝御城碁〟の家元のひとつである。本因坊中興の祖で、信長《のぶなが》、秀吉《ひでよし》、家康に仕えた本因坊算砂《さんさ》の幼名は、加納与三郎《よさぶろう》という。その流れにある者に間違いあるまい。確信に満ちた綸太郎の言葉に、峰吉は鼻で笑い、

「そうでっか？　わてにはただの貧乏浪人にしか見えまへんでしたがな。めったに手にできない五十両も、あぶく銭と勘違いして、すぐ消えるのとちゃいますか」

と言い切った。

「――ふむ、さよか。ま、ええやろ」

綸太郎は微笑を浮かべると、名刀を手にして、もう一度すらりと抜き払ってみた。

二

加納与五郎が高輪《たかなわ》大木戸近くの狐目《きつねめ》橋を渡ろうとした時、近くの人気《ひとけ》のない露地から、一人の若い娘が飛び出して来た。年の頃は十七、八であろうか。華やかな振袖《ふりそで》だが、着崩れた姿と切羽詰まった娘の青白い顔に、加納はたじろぐほどだった。

すぐ後ろから、数人のならず者が物凄い剣幕で追って来る。

「こら、おかよ！　てめえ、俺たちから逃げられると思ったら、大間違いだぞ！」

「何度も何度も、同じことしゃあがって」

「来やがれ。折檻《せっかん》してやるッ」

などと、ならず者たちは荒々しい声で責め立てた。

一見して、どこぞの遊郭から足抜けをしようとしている女に違いないと分かる。地面を引きずられた娘は泣き叫んだが、その声を聞いた往来の人も一瞬、振り返りはしたものの関わりを避けて逃げるように立ち去った。

近くの柳の下から、そっと見ていた加納は止めようかどうしようかと迷ったが、腕に覚えがある訳ではないし、大切な五十両も懐に抱えたままだ。

——可哀想だが殺しまではしないだろう。

そう考えて立ち去ろうとした時、

「やろう、てめぇッ！」

と、ならず者の一番の兄貴分らしいのがシャリッと音を立てて匕首《あいくち》を抜き払った。その怒声に振り返った加納は、目の前の光景にたじろいだ。今にも娘の喉《のど》を突き刺す勢いで男が匕首を握り締めているのだ。

どうやら、娘が相手の指か腕に激しく嚙《か》みついたようだ。娘の方も気が動転して、顔を真《ま》っ赤《か》にして叫び声を上げていた。

「もういい殺して！　死んでもいい！　もういやだッ！　殺せ、さあ殺せ！」

「そうか。だったら、望み通り殺してやる。覚悟しやがれ、おかよ！」

ならず者たちが、おかよと呼ばれた娘を羽交《はが》い締めにした時である。

加納は思わず駆け寄りながら、

「おい。待て待てッ。乱暴はいかん、乱暴は」

と大声を発した。一瞬、振り返ったならず者たちだが、その顔は尋常ではなく、とても加納の手に負えそうな相手ではなかった。

「なんだ、てめえ。関わりねえ奴はスッ込んでろ」

「スッ込んでたいのは山々だが、そりゃ、あんまりじゃないか……年端《としは》もいかぬ娘一人を相手に大の男が……」

「だったら、どうするんでえ、おうッ」

「いや、どうもしないが、止めたいだけだ。乱暴はいかん、乱暴は」

「ふざけるな。それとも、その腰の竹光《たけみつ》で、俺たちを斬るってのか、エッ」

「た、竹光と分かるのか」

帯に差した切っ先の垂れ具合で、本身かどうかは分かりそうなものだ。それに、加納は誰が見ても、いかにも弱そうな浪人だ。いや事実、弱い。剣術の稽古《けいこ》など、形稽古すら、もう何年もやっていない。

「余計なことに口出しをするんじゃねえ。死にたくなきゃ、とっとと行け」

これが最後の情けだとでも言いたげに、目を剝《む》いて、ならず者たちは唾《つば》を飛ばして来た。思わず袖で拭《ぬぐ》った加納は、武士であることを忘れたように丁寧な口調で、ならず者たちに事情を聞いた。

その娘は、商売をしていた親の借金のカタに取られて、品川《しながわ》宿の女郎屋に買われた。だが、その後、転々として、高輪大木戸近くの一膳飯屋の下働きとなった。一膳飯屋といっても、それは表向きで、二階では〝ケコロ〟のような、いわゆるチョンの間の女郎をさせられていたのである。

よくある話だ。しかし、加納は、おかよ、という名前に、首根っこを摑《つか》まれたような感じがして立ち止まったのだった。

「借金はいかほど残っているのだ」

加納が尋ねると、ほう、おまえのような貧乏侍が払うのかというような顔になって、

「ざっと四十両、利子と合わせて五十両だ」

「そ、そんなに!?」

「どうだ。おめえにゃ関わりねえだろ。とっとと行くンだな」

それほどの借金が残っているなら、娘を殺しはしないだろう。まだ働かせるに違いないことは、加納でなくとも分かる。しかし、絶望の淵に立たされて、下手をすれば自ら舌を嚙んでも死んでしまいそうな娘の顔を見ていて、加納はある戦慄《せんりつ》が走った。

「——関わりたくはない。だが、ここで会ったのも縁《えにし》というものだ」

と加納はそう毅然《きぜん》と言って、ゴクリと生唾を飲み込むと、

「その五十両。たった今、私がミミを揃えて払ってやろうではないか」

「なんだと？」

「五十両。払うと言うておるのだ。文句はあるまい！」

少し声を強めた加納の態度に、ならず者たちは疑《うたぐ》りの目を投げたままだったが、

「これだ。さ、娘から手を放せ」

と袱紗《ふくさ》に包んでいた五十両を差し出した。それには、きちんと封印された切餅《きりもち》が二つ入っていた。まさに鎮座していると言ってよい重みがあった。

「うおッ……兄貴、本物だぜ」

袱紗を受け取った手下が小躍りして、仲間たちに見せるのへ、

「借用書があろう。今から一緒に取りに行くゆえ、私の目の前で破るなり燃やすなりして貰《もら》おうか」

と堂々と話した。

山吹色の小判を見たならず者たちは、まさに急に現金な態度になって、加納を下にも置かぬように振る舞い、おかよという娘を自由の身にした上で、借用書もきちんと処分した。

娘は何度も頭を下げて、出身の村の名前や頼りにする親戚の名前などを告げて、

「加納様。お金は必ず返しに参ります。一度にぜんぶは無理ですが、きっと必ず……」

と切々と訴えた。このままでは借金が雪まろげのように増えて一家心中をするかもしれなかったという。まさに地獄に仏だと崇《あが》め奉《たてまつ》り、その場で別れた。

陽が西に傾きかけた露地に、加納はそっと入り込むと、打ち捨てられていた酒樽に腰掛けて、ひしひしと覆《おお》いかぶさってくる寒さに震えた。

――折角、親切に五十両もの金を融通してくれたのに無駄にしてしまった。

加納は半《なか》ば自己嫌悪に駆られた。一時の激情で人生を棒に振るのと同じ行為に違いない。人助けをしたことに悔《く》いはないが、己の軽率さには、ほとほと嫌になっていた。

――ついてない。

の一言に尽きる。この道を通らなければ、あの娘に出くわさなければ、などと考えても詮《せん》のないことが頭の中を巡った。

借りている長屋は、この路地の数軒ほど先である。すぐ近くなのに、気が重くて、地べたに足の裏がくっついてしまいそうだった。

一歩近づくごとに、味噌《みそ》の香がぷうんと漂《ただよ》って来る。数えきれないくらい食べた鍋の匂いだ。まだ十二になったばかりの加納の一人娘が、この鍋をこしらえて、帰りを待ってくれているのだ。

刀を売ることで、ようやく目処《めど》がついた。だから、久しぶりに贅沢をしようと思ったのかもしれない。同じ長屋に魚屋の金三《きんぞう》がいて、時々、余ったものや珍しいものを持って来てくれる。それを娘は、母親譲りの作り方で、鍋にするのだ。

鱈《たら》の沖汁である。

娘は父親の加納と違って手先が器用だった。鱈のような大きな魚でも、金三が感心するような包丁さばきで腸を裂き、肝《きも》や白子《しらこ》だけを取り出して臓物を捨てる。身を皮のままブツ切りにして、味噌を溶いた鍋に投げ込んでぐつぐつと煮る。漁師料理のように男っぽい鍋ものだが、白子や肝がとろとろになって、長屋のみんなと一緒に箸《はし》でつつくのが、冬ならではの楽しみだった。

これは、五年前に亡くなった、佐渡《さど》育ちの女房の得意料理で、長屋のみんなにも評判がよかった。それを娘が〝母の味〟として引き継いだものである。

今宵は、その鍋を囲んで、加納はみんなに祝福されるはずだった。

やっと御城碁の試合に出られる。

その祝福の宴席になるはずだったのだが、肝心の金がなくては、それも叶《かな》わぬ。加納は両肩を落として、とぼとぼと長屋に向かって歩いた。

三

「そりゃ、いいことをしましたよ、お父上」

と娘が笑ったのを、加納は意外な目で見つめていた。

「いや、済まぬ……その女の名前は、おかよと言ってな、おまえと同じ名だったのだ。だから、つい……」

加納の娘は、佳代《かよ》という。十二にしては、しっかりしていて、背丈も高く、一見すると十六、七の娘にさえ見える。胸の膨《ふく》らみも出てきて、加納はつい先頃まで、一緒に盥《たらい》で湯《ゆ》浴《あ》みなどをしていたのが嘘のようであった。

「済まぬ、佳代。神楽坂咲花堂さんはな、過分なお金で買って……いや、貸してくれたのだ。なのに、このままでは返すことはできぬ。折角の親切を裏切ることになってしまうな」

「そんなことはありません。神様仏様はきっと父上の行いを見ております。私はお父上が間違ったことをしたとは思っておりません」

「いや、そう言うてもだな……」

「一人の娘さんの命が助かったのですから、よいではないですか。咲花堂でいただいたお金は、そういうふうに使われるさだめと決まっていたのでしょう。咲花堂のご亭主も、きっとそう思って下さります」

武家娘らしく、しっかりと言う佳代の丸い顔は、鍋を懸命に作っていたせいか、ほんのりと赤らんで、口元に小さなえくぼがキュッと浮かんでいた。

「そうだぜ、旦那。くよくよしなさんな。機会はいずれまた巡ってくるって」

「今日は、その前祝いってことで、じゃんじゃんやりましょうや。酒もほら、こんなにあるんだからよ」

「そうそう。そこが加納の旦那のいいところなんだからさあ」

金三たち長屋の女将《おかみ》や亭主たちは、ワイワイガヤガヤと鱈の沖汁を、ふうふうと美味《うま》そうに食べながら、加納を慰《なぐさ》めた。

実は加納は、十日後に執《と》り行われる、御城碁の試合に出る資格を得ていたのだ。

そのためには、二十両の〝参加料〟が要る。だから、最後の手段として、先祖伝来の刀を少しでも高く売ろうとしていたのだが、千載一遇の機会を逸したことになる。

だが、楽しそうに鍋を囲んで談笑する長屋の住人たちを眺めながら、加納は嬉しくも微笑ましく思っていた。

しかしこれからの暮らしを考えると、とても悠長には構えていられなかった。

娘の佳代は今でこそなんとか明るくふつうに暮らせているが、生まれつき心の臓の悪い娘である。わずか二歳の時に、

「あと一年と持ちますまい」

と医者に宣言され、翌年の梅の咲く頃には葬儀を出さねばならぬと言われたこともある。それこそ鱈漁が終わる頃に咲く梅の花を見られないかもしれない。そんな残酷な言葉に、母親の清《きよ》は、

「私が悪いンです。何か前世では悪行でもしたのでございましょう。だから、その因果が佳代に……どうか私の命に引き替えて、娘を生き永らえさせて下さい。お願いします」

と事あるごとに近くの神社や寺に出かけては嘆《なげ》くように訴えていた。

加納はそんな妻の姿を見ていても、本気で神仏を信じていたわけではないので、自分の気休めならいいだろうと思っていた。そして、その願いが通じたのか、娘は七歳まで生きのびた。

しかし、妻の清が原因不明の病に倒れ、あっという間に亡くなり、その代わりに娘の容態は落ち着き、初めは出歩くことすらできなかった子供が、少しずつ家事などもできるようになった。

まさに母親が命に替えて、娘の命を永らえさせたのである。

その翌年も、翌々年も、長屋の木戸口の傍《かたわ》らにある小さな白梅の木は、毎年、必ず咲いている。佳代はその枝に開く小さな花びらと香《かぐわ》しい香りに、

——ああ、今年も母上が会いに来てくれた。

そう言って手を合わせるのであった。

梅の時節は間もなくである。その時に合わせて、碁師として、御城碁で一花咲かせようと念じていたのだが、それもまた振り出しに戻ってしまった。

加納父娘《おやこ》の住まいは、丁度、その梅の木が見える端っこの部屋だった。一人ぶらりと部屋に戻った加納は、開けっ放しにしたままの縁側に碁盤を出して、おもむろに石を打ちはじめた。

碁盤も粗末な板に縦横それぞれ十九条十九路の黒筋を入れただけのものだが、碁石は加納家に代々伝わる立派なものだった。碁盤も著名な碁盤師が作った榧《かや》の〝匠《たくみ》もの〟があったのだが、昨年の暮れに質屋に入れたまま出していない。

碁石だけは指に馴染《なじ》んだものが、稽古をするのに丁度よい塩梅《あんばい》で、今日まで手放さないでいた。

蛤《はまぐり》と那智黒《なちぐろ》が、白と黒それぞれの素材である。蛤の貝殻と紀州那智郡から産出する硬石だ。そのひとつひとつを摘《つま》むたびに、精神が高揚し、思考が集中してくるから不思議だ。

しかし、邪念を払うために持った碁石も、今日だけは、いつものように言うことを聞いてくれない。心の乱れを碁石は知っているかのように〝居付《いつき》〟が悪いのだ。

——黒白《こくびやく》をつける。

というのが、武士の本分であるとすれば、加納与五郎は、碁打ちという武士でありながら、黒白とは縁のない曖昧《あいまい》な生き方ばかりをしてきた気がする。

理不尽なことに耐え、上役の無理を受け入れ、人の噂《うわさ》を気にして、罵詈雑言《ばりぞうごん》に悩み、しかも、他人にいいように利用された。優柔不断があいまって、親切心が仇《あだ》となることは二度や三度ではない。それもまた己の不徳の致すところ、いや徳の致すところ、と諦《あきら》めていたが、

「人の好いのも、いい加減にしとかねばなるまいな」

と思うようになっていた。

その矢先の出来事だから、加納はどっと落ち込んでいて、長屋のみんなと鱈の沖汁を楽しむ気力さえ失せていた。

しかし、救いは佳代の笑顔だった。

まるで古女房のように、加納に気を使いながら、長屋のみんなと和気藹々《わきあいあい》とやってくれている。良い娘に恵まれ果報者だと思うと同時に、それゆえ、なんとか娘を人並みに幸せにしてやりたいという思いが湧《わ》き起こっていた。

「父上、今日くらいは、みんなと一緒にやりましょう」

と猫の額ほどの裏庭に来た佳代が、加納の手を引いた。

「ほらほら。日頃、働いて大変なんだから」

娘に促《うなが》されるままに、加納はまたみんなのもとに戻ったが、やはりいつものようにワイワイと騒ぐ気にはなれなかった。

長屋の連中は本当に親切で、余ったものを持って来てくれるだけではなく、内職までも紹介してくれる。加納は時折、武家屋敷や商家の寮を渡り歩いて、碁を教えているが、隠居の楽しみに付き合う程度のものであるから、さほど金になるわけではない。

加納は本因坊家の庶流であって、しかも本家には認められていない存在であった。その才覚は、本因坊算砂の再来ではないかという評価すら与えられていたにも拘《かか》わらず、日の目を見ることはなかった。

どの世界でも、生きる上の知恵というものが必要だ。例えば、ゴマスリであったり、付け届けであったり、根回しだったり。しかし、加納はそういうことをする能力に欠けていた。いや、わざと避けていた節《ふし》もある。

一時は、さる大藩に仕えていたこともあって、幕府の『碁所《ごどころ》』に招かれて、御前試合に出る機会にも恵まれたが、やはり、本因坊家の指し手に、

——わざと負けた。

ことがある。『碁所』を支配している寺社奉行にも分からぬ一手であった。なぜわざと負けたのかは誰にも話していない。

だが、傍で見ている者には、

——詰めが甘い。

としか見えないのである。勝負師として気力に欠けると思われている。その心の弱さは、煮え切らない態度にも表れている。

つまり、五十両で娘を助けた親切心とて、自然に湧き出てやったことでもない。やむにやまれずか、あるいは武士として人として恥ずかしいと思ったから、渋々、行った程度に過ぎない。人様から誉められるような徳人ではないのだ。少なくとも加納自身はそう思っていた。

「父上。済んだことを悔やんでもしょうがないですよ。母上はいつも言ってました。泣いて一生、笑って一生——ならば、笑って生きましょうって、ね、父上」

「そうだな。済んだことだな」

加納はニコリと頷《うなず》いて、少し煮詰まってきた鱈の沖汁に箸を伸ばした。その手が少しだけ、ためらいがちに震えた。

娘の佳代はほんとうに屈託《くったく》のない笑顔で暮らしている。しかし、心の臓が完治したわけではない。いつまた、赤ん坊の時のように悪化するか分からないのだ。

そうならないことを加納は祈っている。少しでも良い環境で暮らさせてやることが、娘の体のためである。贅沢を好む娘ではない。ただ、碁の棋士として、それなりの禄《ろく》を貰うことができれば、楽をさせてやることができるのに。そう願っていただけに、今度の五十両については、やはり軽率だったか、と考えざるを得なかった。

加納はもう一度、娘に微笑みかけて、

「うむ。清の味だ……間違いなく、母の味になってきたな」

と語りかけた。世辞でも何でもない。父の娘に対する素直な気持ちだった。

四

神楽坂の松源寺《しょうげんじ》に隣接する中山備中守《なかやまびっちゅうのかみ》の屋敷に綸太郎が招かれたのは、春が遠のくような小雪がちらついた日だった。

中山がわずか一万石の大名ながら、寺社奉行として権勢を誇っているには訳がある。

公儀碁所役を管轄するのは寺社奉行であり、自らも碁打ちや将棋指しと同じくらいの力量を持っており、碁や将棋を単なる技術研磨による権威付けに留まらず、諸国に広げて、精神教育の一環としたり、あるいは勧進相撲の興行のように、祭祀に関わる催し物として築き上げた功績があったからだ。

碁所は全国の碁打ちを統括する本陣であり、朱印地三百石のほか、二十石十人扶持《ぶち》の役料を得ていた。碁打ち専門の役人というところだが、それゆえに碁所に属する家元四家が闘う、年に一度の御城碁には特段の気合や思い入れがあった。

御城碁で勝利を得た家は、碁所の司となり、江戸城のみならず諸藩の碁打ちの差配を任される。権威付けの棋力をはかる段審査では、免状を発行する特権があるため、役料とは比較にならないほどの収入となるから、碁所の司になることは名誉の上に、経済的な戦いともなったのである。これが〝争い碁〟と呼ばれるゆえんだが、お互い武門でもある。まさに盤上の真剣勝負だった。

囲碁は古代中国から伝わり、『古事記《こじき》』や『万葉集《まんようしゅう》』にも出てくるほど長い歴史があり、正倉院《しょうそういん》の宝物《ほうもつ》にも碁石や碁盤はある。元は遊戯のひとつとはいえ、伝統と格式がある碁に関わる者たちを束《たば》ねる権威があるのだから、自《おの》ずと真剣になるはずだ。

しかし、碁の勝負は長く果てしない。御城碁は、将軍や老中若年寄はもとより、評定所の構成員である、町奉行や勘定奉行ら三奉行が立ち合うこともある。よって、何日も続けて対局をされては、公務に影響するような大変な事態となるため、〝下打ち〟といって上覧前に数日かけて試合を行う。

その会場が、今年は中山備中守の屋敷とあいなった。

綸太郎が呼ばれたのは、碁盤と碁石の選定であった。本因坊をはじめ碁打ちの発祥は京である。咲花堂が様々な碁の試合に用具を提供したり、立ち合ったりしたことは数々あったはずだ。

そこで、頼まれたわけだが、綸太郎は正直言って、碁も将棋も好きではなかった。長い間、座ったままで対局するというのが、どうにも性に合わなかったのである。しかも、裏の裏をかく、という相手の手の内の読み合いもまた楽しくなかった。

「刀剣目利きならば、碁や将棋ができねばならぬ。碁や将棋ほど、相手のことを考える遊戯はない。相手の心を考えるということは、すなわち己の気持ちをどうするかを考えることである。篤《とく》と嗜《たしな》むがよい」

と咲花堂本家の主人、すなわち綸太郎の父親の上条雅泉はよく言っていた。当人は四段とか五段の腕前だったからであろうが、綸太郎には退屈極まりない遊びに過ぎなかった。

もちろん、碁盤や碁石を選ぶのは話が違う。碁盤師と呼ばれる職人が、天下一の碁盤を作るにも拘わらず、碁は打つこともないというのはよくあることだ。釣り竿作りの名人で、釣りをやらぬ者はほとんどいないが、碁盤師の中には、規則すらきちんと知らぬ者もいるという。

それは逆に言えば、まさに匠の仕事、という証《あかし》である。ただの物としてではなく、碁という〝闘い〟をする合戦場や武器を与えていることとなる。刀工が剣豪ではないのと同じ理屈である。

「これは、堺《さかい》のさる碁盤師が作ったもので、本家から取り寄せていたものです」

と綸太郎は、中山備中守に差し出した。小柄で眉毛が異様に濃い風貌《ふうぼう》は、いかにも碁だけを生き甲斐《がい》にしているようで、碁について語る一言一言が実に楽しそうだった。

寺社奉行は大名の名誉職のようなものである。ゆえに、高級旗本の中には、どこかに領地を増やして貰い、大名となってこの職に就《つ》く者もいる。とまれ中山備中守は一年ぶりの御城碁にわくわくしていた。

例年御城碁は十一月十七日に、江戸城の黒書院で行われる。だが、今年は将軍の病などもあって時期がずれたのである。しかも、〝下打ち〟というのは、数日かけて闘った後、江戸城では、勝敗の経緯を棋譜に従って碁石を並べるだけの〝イベント〟となる。

「だからといって、気を抜いた試合では困る。緊張に欠けても困る。江戸城黒書院で執《と》り行われるのと同じような雰囲気を、上条殿、あなたに作って貰いたいのだ」

中山備中守はそう言った。

綸太郎は江戸城にも何度か招かれたことがある。黒書院では剣術の御前試合も行われ、刀剣目利きとして登ったこともあった。

次の一手を暗号で知らせたりする不正があってはならぬので、殿中と同じように再現するのは無理としても、立会人には必ず老中か若年寄を入れて、屋敷内外には番士を多く詰めさせ、物々しい警戒にする。庭園や廊下や次の間などは、狩野《かのう》派などの奥ゆかしく落ち着きのある屏風や襖絵《ふすまえ》にすることによって気持ちを引き締めることもできよう。

しかし、一番肝心なのは、やはり、

——碁石と碁盤だ。

と綸太郎は思っていた。

石にしても、できれば〝雪〟と称される最上のものがよい。続いて〝月〟、〝花〟と呼ばれて黄ばんでくるが、目に優しい雪が、肌合いのあう榧の碁盤に吸い付くように打たれると、見る者に心地よい響きが起こる。さらに、棋士たちの体も疲れぬものがよい。

「神楽坂にも、芸者小径に、雪見坂、月見坂、花見坂がありますが、まさに色合い味わいが違います。どれが良い悪いではのうて、棋士の心の緊張をほぐすのが石であり盤でございましょう」

綸太郎は蒔絵《まきえ》をあしらった黒檀の碁笥《ごけ》を差し出して、

「これも本家に伝わる、秀吉公が千利休《せんのりきゅう》と一度、交えた時に使うたもんらしいです」

と言うと、さすがに中山備中守も深い溜息をついて、しみじみと手にして眺めていた。碁笥とは碁石を入れる容器だが、そこにもこだわりが必要だった。見栄《みば》えではない。打つ棋士の戦意のためにである。

「実は、もうひとつ、碁盤を見つけておったのですが、やはり、本家から届けられたものが一番よろしかろうと私が判断しました」

「もうひとつ？」

「へえ。夕べのことですが、ひょんなことで、質屋で見つけまして」

「質屋」

御城碁で使われるようなそんな立派なものが質屋なんぞにあるものか、と疑るような目になった中山備中守は、少しだけ開いている障子戸の外に目を移した。小雪はやんでいるが、築山にほんのり綿のようにかぶさった白さに思わず目を奪われて、

「――雪か……」

「いま、殿様が驚いたように、まさに驚きの碁盤でした。手触りといい温もりといい、私は一目で気に入って、買《こ》うてしまいました」

「では、それも一度、見せてくれぬか」

「それはようございますが、碁盤には微《かす》かな血の痕《あと》があります」

碁盤の裏には〃血だまり〃という歪みを調節するための穴があるが、それではない。本当に血の痕があるのだ。恐らく何十年も前の古いものであろうが、その血ゆえに安く買えたのだ。そのようなものを、御城碁で使うわけにはいかないと綸太郎は遠慮した。

「さようか。ならば、それはそれとして、一度、見たいものじゃのう」

「はい、いつでも持参いたします」

「しかし、咲花堂ともあろう貴殿が、質屋なんぞに物色に行くとは思えぬが」

「はい。御城碁とは、関わりはありませぬが……」

と言いかけて少し言葉を飲んで、

「いや、関わりあるやもしれまへんが、ある御浪人が私どもを訪ねて来まして、立派な刀を預けていきました」

「浪人……」

「その浪人さんは私どもの店に来る前に、脇差の方を質屋に流したというので、どうしても引き取りたくて訪ねたのどす」

「見つかったのか」

「へえ。で、その人は、摂津浪人、加納与五郎と名乗りました」

「加納……与五郎⁉」

中山備中守も知っている名前のようだった。

「はい。加納〝与三郎〟というのは、たしか、本因坊算砂のご幼名どしたね」

「さよう」

「その名を引き継ぐ者がいることも、殿様はご存じでしょう」

「うむ。加納与五郎ならば、噂に聞いておる。もちろん今の碁所の本因坊とは直《じか》に血縁はない。しかし、その一族に、〝神技〟と呼ばれる八段位か、それより上の名人と互角やもしれぬと噂されている男だ」

「やはり、そうどすか……いえ、私の店に来た折、渡された刀を一目見た途端、そうではないかと思うたのです」

綸太郎は自分の眼が正しかったと己に頷いてから、

「その加納与五郎が、質屋に預けたのが、血塗《まみ》れた碁盤だったのです」

「ふむ……」

「よほど暮らしに困ってのことと存じますが、本因坊の係累でありながら、不遇な生き方をしなければならぬ訳でもあったのどすか。殿様は何か知っておられますか？」

「あ、いや。わしは……」

知らぬと首を横に振った。しかし、碁を深く嗜む者としては、相手に心中を見透かされるような実に曖昧な返事だった。

「ご存じなければ、それでよいのです。でも、茶道や華道、能楽や狂言と違うて、碁、将棋は家元制度があるとはいえ、血の繋《つな》がりよりも技量をもって名を継ぐと言われてますな」

「うむ。その通りじゃ。茶や能は芸の善し悪しがあっても、それを評する者の眼力によるが、碁や将棋は剣術と同じ、勝ち負けがはっきりしておるゆえな」

「ほんまそうどす。私ら目利きとて勝ち負けは曖昧で、小さい頃からの鍛錬は本物か偽物かを見抜く力をつけることだけですから、碁打ちのような緊迫は欠けるやもしれまへん」

「いやいや。咲花堂のような目利きは、本阿弥家本家でも一目も二目も置いておるゆえな、勝負も同じじゃ」

「しかし、命の取り合いではありまへん」

と綸太郎はまるで、加納与五郎を庇《かば》うように言って、「もし、そのお方が〝真剣勝負〟に出るようなことがあれば、どうぞ、家格や段位で依怙贔屓《えこひいき》せずに、正々堂々と勝負をつけさせとくれやす」

「上条殿……」

中山備中守はほんのわずかに不愉快な笑みを浮かべて、

「私をさような、つまらぬ男と思うておるのか。碁は生き様《ざま》じゃ。かような小さな石に男の命を賭けておるのじゃ。もし、その男が登りつめて来るようなことがあれば、わしとて喜ぶ。むしろ楽しみにしておる」

「さようでございますね。私も、本番を見られるのを楽しみにしております」

綸太郎は毅然としてそう言うと、中山備中守に深々と礼をして、もう一度、白く輝いている中庭を見た。

この場所で、戦いが起こるのは数日後である。その頃は、梅が咲いているであろうか、と綸太郎はぼんやり思った。

五

翌日の昼過ぎには、すっかり雪は溶け、どこかで鶯《うぐいす》の声すら聞こえていた。

咲花堂にひょっこり現れた十六、七の娘は口元に可愛いえくぼを浮かべて、

「その碁盤を売って下さい」

と番頭の峰吉にいきなり声をかけて来た。

「碁盤……娘さんが使うのかね？　それに、あんたはんが買えるような値ではありまへんえ。どうしても欲しいなら、二十五両は戴《いただ》かないとねえ」

「そ、そんなには……」

娘はがっくりと項垂《うなだ》れた。親切な咲花堂だからとわざわざ訪ねて来たのに、冷たくあしらわれて少し滅入《めい》った顔になった。

「こらこら、素人《しろうと》の娘さんをいじめなや」

と奥から出て来た綸太郎は、碁盤に興味を抱いた娘が気になった。

「上条綸太郎様でしょうか」

「ああ、そうだよ」

「父に聞きました。本当にありがとうございました」

と深々と頭を下げて、加納与五郎の娘の佳代だと名乗った。

「ああ。あの御浪人様の……」

「その節は本当に父が無理を申しまして、済みませんでした」

「いやいや。無理などしてませんよ……」

と答えながら、綸太郎はまじまじと佳代の顔を見ると、どこか幼さがあるなと思った。

加納の娘にしては大きいと思ったが、本当の年を聞いて、峰吉も驚いてしまった。

「まだ十二の娘がこんな……ハア、世の中はどうなっとるのや」

と峰吉は呆《あき》れたように声を洩らしたが、綸太郎は逆に、年端もいかぬのに立派な子やと誉めた。それは見かけや態度だけを見て言ったのではない。

——碁盤を買い戻したい。

と願う佳代の気持ちを聞いたからだ。

「父は、碁しか、生き甲斐がありません」

「……やはり、碁打ちの棋士でしたか」

「は？　その話は父はしてなかったのですか？」

「こちらも敢《あ》えて聞かなんだのや。預かった差料を見て、一方ならぬ人であろうことは察しましたからな。娘さんくらいの年では分からへんやろうが、語らずとも分かる。大人とはそういうもんどす」

「——そうですか……でも、折角、その刀で戴いた大金も……」

佳代は、父親が可哀想な遊女を助けたがために、五十両を失ったことを話した。自分のことを顧《かえり》みず、そんなバカなことを平気でやってしまう父のことを切々と語って、それでも自分はそんな父が好きだと言った。

「母上が病になった時だって、もっと大変な人がいるからって、薬を譲ったりしたこともあったらしいのです。私は本当に許せないと思いましたが、見ぬふりができないのですね。目をつむろうと思えばできるのでしょうが、うふ、父は一生、その性質《たち》は変わらないかもしれません。でも……」

「でも？」

「そんな父だからこそ、碁だけは失ってもらいたくないんです」

「失うって、どういうことだね」

「はい。父は私が生まれる前から、棋士として諸国の大名家に出入りして、試合をしたり、指南をしたりして暮らしていたそうです。私は碁には詳しくありませんが、亡くなった母の話では、御城碁のできる家柄だったそうです。でも、父は水茶店に勤めてた母と一緒になってから、公の場に出ることが少なくなり、生まれた私も病がちだったことから、なにかと苦労したらしいのです」

　しっかりした口調で佳代は続けた。

「それで、色々な試合に出て認められ、やっと御城碁の林家の名代《みょうだい》として出ることが叶《かな》ったのです」

「林家の名代……」

「ただし、それに出るためには二十両の大金が必要でした。参加の費用らしいのですが、るだろうって」

そのためにあの刀を役立てようと思ったのです。碁のためだから、ご先祖様も許してくれ

「……ところが、人を助けたことで、そのお金もなくなった」

「はい。父は折角の機会を逃したと言ってましたが、私はそれでいいと思ってました。だって、本当に命が危なかった人が助かったのですから」

「……………」

「でも、だからといって、碁を諦めては父が可哀想です」

それで、金のために質屋に入れた由緒ある碁盤を受け取りに行ったのだという。だが、既に流れており、咲花堂が買って行ったというので訪ねて来たのであった。

「どうか、お願いです。その碁盤があれば、もう一度、やる気が出ると思うのです。碁盤と碁石は夫婦みたいなものだ、相性があると父は常々言ってました。今は板切れに碁盤の目を入れて鍛錬してるんです。だから……」

「よう分かった。碁盤を譲ろう。いずれ返そうと思ってたのや。脇差も刀も一緒にな」

綸太郎がそう言うと峰吉はまたもや沸騰した顔になって、

「冗談やあらしまへんで、若旦那。いくらなんでも、何十両もかけて仕入れたものを、そんな……遊びとちゃいまっせ」

「分かってるがな」

「それに、人助けの話なんぞ、本当かどうか分かりまへんで。そない、あちこち質流ればかり出してる人を信頼できまっか。この前のお金はどうせ博打《ばくち》かなんかで使《つこ》うてしまったから、今度は娘を使うて無心に来たのとちゃいますか？」

佳代は父はそんな人間ではない、一度とて自分の贅沢のために金を使ったことなどないし、博打は死んでもしないというほど嫌いだった。棋士は賭け碁を禁止されている。それほど矜持《きょうじ》を正して暮らしてなければ、真剣勝負はできない。人には優しいが己には厳しい人だと弁明した。

「――佳代ちゃんと言うたな。あんたは可愛いし賢いし、思いやりのある子やな」

と綸太郎は微笑み返し、「それに比べて、峰吉。おまえはちぃと情けないと思わへんか。いつから、そんな底意地の悪い人間になったのや。俺は主人として恥ずかしい」

「若旦那のせいでっせ。江戸店《だな》を出したのはええけども、とにかく儲《もう》けが……」

「分かった分かった。その話はまた別や」

綸太郎はビシッと突き放すように言ってから、佳代に向き直った。子供だからといって、いい加減な扱いをしない。

「碁盤は後で届けよう。しかし、買い戻すというなら、それなりのお金が要る。その用意はできてるのかね？」

「はい。実は……長屋の人たちや指南している商家の方々が、父には内緒で、なけなしのお金を出して下さったのです。小銭ばかりですが、全部で五両ほどあります」

五両と聞いて峰吉は鼻で笑った。

「ふん。さっぱり話になりまへんがな」

「黙ってなさい」

と綸太郎はもう一度、番頭を叱《しか》りつけて、佳代をじっと見つめた。

「碁盤は同情で返すのやない。いつかは御城碁で勝って、預かった刀も取りに来て欲しいからや。分かるな」

「――はい」

「先祖の魂を、人の店に置きっぱなしというのも寝覚めが悪いやろうしな」

「ありがとうございます。本当にありがとうございますッ」

佳代は喜びのあまり、綸太郎に抱きつくようにして礼を述べると、世の中は親切な人ばかりやと感激した。気が高ぶったせいか、佳代は、一瞬、胸を押さえてしゃがみ込んだ。顔から急に血の気が引いた。

「どうした。大丈夫か？」

「あ、いえ……済みません。大丈夫です」

どうやら幼い頃の病というのは心の臓やろうと察した綸太郎は、心配だから、家まで送ってやると申し出た。佳代は悪いからと断ったが、

「なに。父上とも少々話がある。ついでだから遠慮には及ばへんよ」

と優しく言った。

「若旦那……いくら女好きでも、そりゃあきまへんで……絶対に、あきまへんで」

「バカか、おまえは。考えてモノを言え」

六

碁盤を目の前にした加納与五郎は、喜びよりも、

――何と言うことをしてくれた……。

という重い表情だった。

綸太郎は何故《なにゆえ》にそうなのか怪訝《けげん》に思った。たしかに娘の行いは子供らしくはない。しかし、父親思いゆえにしたことを非難するのは余りにも酷ではないかと感じた。

しかし、それもまた綸太郎の早とちりであった。

「折角のことだがな……実は、碁石の方を売ってしまった」

「ええ!?」

驚いたのは佳代だけではなかった。様子が心配になって来ていた長屋の連中も、びっくりするよりも残念がっていた。

「実はおまえには言うてなかったが、必要に迫られて、あちこちに借金があってな。誤解をするな。博打なんぞには手を出していないぞ。昔の友人の借金を肩代わりしてな、まあ、そういうことになっていたのだ」

「友達の……そうだったの。では、仕方ないですね」

佳代は責めるどころか、父の取った行為に間違いはないとでも言いたげに納得した。あまりの能天気さに、綸太郎は意見をしようとしたが、加納の態度に言葉を飲んだ。

「ま、その借金を返して残った金でな……佳代の着物を買って来た」

と見事な明るい梅の柄の反物《たんもの》を広げた。友禅染の上等なものだが、そんなに値の張るものではないと思われた。

「どうだ。おまえに似合うと思うてな。そんな顔をするな。たまには綺麗なべべを着て、美味い物でも食べに行こうではないか」

「父上……」

「考えてみれば、清だけでなくて、おまえにも散々苦労をかけて来た。まだまだ母親が恋しい年頃に、私の女房代わりのことをさせて本当に申し訳なく思ってたのだ。飯作りから、洗濯や掃除……体のよくないおまえにな……本当に情けない父親だが、これくらいのことはさせてくれ」

「…………」

「どうだ。ほれ、合わせてみろ。呉服屋に仕立てて貰う手筈《てはず》も整えておるのだ」

父親らしいことのひとつもできなかったことへの忸怩《じくじ》たる思いから、碁石を売ってまで着物を買って来たのだろう。が、反物を肩に掛けるようにしてみせる加納の手を、ぐいと押しやって、

「こんな着物はいりません」

とキッパリと佳代は言った。

「どうしてだ。似合うと思うぞ。なあ、長屋のみなさん、どうかね。これならば、何処へ出しても恥ずかしくない。どうだ」

自慢の娘を可愛がっているようだが、長屋の人々も少し勝手が違ったようで、魚屋の金三に至っては、

「旦那。そりゃ考え違いだ」

と佳代の一番言いたいことを代弁するように言った。

「旦那が人様に親切なように、佳代ちゃんは旦那に優しくしてえんだ。この子は本当によくできた子だ。自分が何をすれば一番いいか、よく分かってらあね」

加納は黙ったまま聞いていた。

「なあ旦那。子供が一番にやらなきゃいけねえことを知ってるのに、親のあんたが、てめえがやらなきゃなンねえことを、分かってねえようじゃダメじゃねえか」

「いや、ただ私は……」

「そりゃ友達の借金も大切かもしれねえが、グダグダ言ってねえで、碁を打つことが、あんたの仕事じゃねえのかい」

「…………」

「俺にゃ、よく分からねえことだが、俺が魚を売ったり捌《さば》いたりするように、旦那は碁を打つのが商売じゃねえか。佳代ちゃんは、その商売に賭けて欲しいから、こうして碁盤を持って帰って来たンじゃねえか。その気持ちくれえ……」

「金三さん、もういいよ」

と佳代は止めた。じっと俯《うつむ》いたままの加納の背中を撫《な》でるように、

「私のためにと思ってくれたのだから……命より大切な碁石を売ってまで、私の着物を買

ってくれたのだから、素直に受け取ります、父上。でもね、今度は絶対に碁盤を売ったり、質屋に入れたりしないでね。でないと私、それこそ、母上に申し訳が立たないよ。私の代わりに極楽に行ったンだもの。そうでしょ？」

「……すまんな」

加納は謝るしかなかった。己の軽率な行いを悔いたのではない。ただただ、間の悪さに呆れていたのである。それと自分の考えをキチンと言えない情けない性質《たち》も怨《うら》んでいた。

そんな態度の加納に、綸太郎はそっと近づいて、

「話がある。あんたは死んでも賭事はせんようやが、一度だけやってみまへんか」

「――え？」

「あの梅花皮の両刀。私が持っております。へえ、その碁盤と一緒に、質屋から仕入れたんどす。あの刀、私に売って下さい。そしたら、借り賃の倍にはなります」

加納は意外な目で見ていた。

「でも、お金はあなたに渡しません。またぞろ、妙な親切心でどこぞへ消えてしまうかもしれまへんからな」

「………」

「その代わり、私が申し込んでおきます。御城碁、にです」

「知ってたのですか？」

「はい。寺社奉行にも粗方《あらかた》、話は聞きました。どうです、あんたはんを追いやっていた本因坊を倒してみまへんか、林家の名代として」

「そんなことまで……」

知っていたのかと驚いたが、できることなら、そうしたいと加納は思っていた。しかし、これ以上、人の善意に縋《すが》るわけにはいかない。

「あんたに施しをしようなんて思いはありまへんよ。俺は、佳代ちゃんのために、あの刀を買うのどす。ええですか。佳代ちゃんのためどっせ。そして、御前試合に勝てば、林家は碁所という名誉を勝ち取ることができる。そうなれば、あんたも棋士として名が上がり、どこぞの藩で召し抱えて貰えるでしょう」

加納は俯いたまま聞いていた。

「どうなのです。試合に出てみるつもりはないのですか。そもそも、そのために先祖伝来の名刀を売りに来たのではないのですか」

綸太郎が責めるように言うのを、加納は黙って聞いていたが、ふいに意外な言葉を発した。それは耳を疑うような言葉だった。

「もう、どうでもよいのです」

佳代のみならず、長屋の者たち、そして綸太郎もじっと加納を見つめていた。次に何を言うのか待っている様子だった。

「どういうことです」

綸太郎が訊くのへ、加納はもじもじと言いあぐねていたが、長屋の人々にも隠すこともあるまいと覚悟を決めたのか、昨日、起こったことを淡々と話した。

最後の手段として、大切にしていた碁石を売り、二十両の登録料を用意するつもりであった。値打ちものだから、換金するのに手間はかからなかったが、寺社奉行の中山備中守の屋敷に出向くと、

「出てもよいが、頼みがある」

と言われたという。

「頼み？　それは一体何ですか。中山備中守なら、私も少々知っている。それどころか、〝下打ち〟の場所作りを任されておるのです」

綸太郎が心配になって尋ねると、思ってもみない言葉が、加納から返って来た。

「中山備中守は、私にこう言ったのです。試合では、もし勝ちそうになったら、負けてくれ。碁所にはどうしても、林家になられては困るのだ、と」

「何故に」

「詳しい話は知りませんが、本因坊家と林家は、それこそ代々の因縁があるのでしょう。碁打ちとしての意地というよりも、名誉や金のことでね」

「……しかし、何故、本因坊家の系累のあなたが、林家の名代を引き受けたのです」

「私には家柄うんぬんの話など、どうでもよいのです。あの日の……このまま悔いを残しておきたくない。だから、私はどのような形であれ、もう一度だけ闘いたかったのです」

綸太郎は加納の心の奥に沈んだままの重い澱《おり》が何なのか、はっきり分からなかったが、目に見えない伝統や格式を背負って生きてゆかねばならぬという宿痾《しゅくあ》に侵されているのではないかと感じていた。

家柄は関わりないと口では言うものの、碁打ちとして拘《こだ》わること自体が、その運命から逃れられない証ではないか。

「それにしても、私はガッカリしました。中山備中守は清廉潔白で、前の碁所役担当の寺社奉行とは違って、賄賂《まいない》だの血縁だのと関わりなく、正々堂々と勝負させてくれる御仁《ごじん》だと信じていた。だから、林家から推挙された時にも、俄然《がぜん》やる気が出て来たのです。でも、所詮《しょせん》は世の中、そういうものか……あの時と同じではないか」

と加納は腹の底から悔しそうに、拳を膝の上で握り締めた。

「五年前、私は妻の死に目に立ち合わず、碁の試合に出向いた。でも、その場で囁《ささや》かれたのは、『相手に決して勝たぬように』という言葉だった。その代わり、負ければ、女房に江戸で一番の医者をつけ、めったに手に入らぬ薬を煎《せん》じさせる。そう言ったのです、時の寺社奉行が」

「……で？」

「私は……勝ちました。迷わず勝ちました。けれども、その場で、相手の本因坊兼顕《かねあき》は『話が違う！』と言って、私に斬りかかって来たのです、脇差で。ですが、相手は将軍に目をかけられている本因坊家当主でしたから、事は秘密にされ、私の方がズルいことをしたからと反則負けにさせられたのです……その時の私の血が、この碁盤の……」

と痕跡を見せた。綸太郎が気になっていた血痕である。

――そんな酷いことがあったのか。

と綸太郎は改めて怒りを感じた。しかし、そのせいで、加納は江戸一番の医者につけることもできず、妻の死に目にも会えなかった。そして、碁にも負けたという噂だけが流れ、踏んだり蹴ったりだった。

「――碁に勝ちたい。たかが、それだけのことで……自分勝手なことで、妻を死なせたんですよ、私は」

その思いが激しく募《つの》ってきたようだった。

「私にとって碁は大切だ。でも、もっと大切なものがあったんだ」

加納は罪の念に苛《さいな》まれた。だからこそ、小さな親切を重ねていたのだ。そして、自分のことよりも、他人に良くすることで、その罪から逃れようとしたのだ。それが本音なのだと加納は言った。

「冗談じゃねえや。そんな理屈、屁の突っ張りにもならねえや」

と金三は苛立ちを隠さずに唾を飛ばした。

「俺たち長屋の者は、加納の旦那、あんたに碁で仇討ちをしてもらいてえだけだ。女房の仇だ。碁で勝つことだけが、供養になるし、なんたって、佳代ちゃんのためじゃねえか！」

もちろん、その思いだけで、勝てるような甘いものではない。加納自身が一番よく分かっているはずだ。だからこそ、もう一度、正々堂々と闘いたかったのではないか。綸太郎はそう信じたかった。

「自棄《やけ》になるのは、まだ早い」

と綸太郎は加納の手をしっかりと握った。

「その話が本当なら、中山備中守は私にも嘘をついたことになる。騙そうとしたことになる。どうです、加納様。この碁盤で、一花咲かせようじゃありませんか」

ふと窓を見やると、木戸口の脇に、ほんのわずかに芽吹いている梅の木があった。綸太郎は、綺麗に咲くことを祈っていた。

七

下打ち試合の当日は、生憎《あいにく》の雨だった。

神楽坂を登って、中山備中守の屋敷に向かう途中、通りには公儀の役人が沢山、うろうろしていた。まるで将軍が矢来《やらい》の別邸に行く時のような物々しさだった。

在野にあって希有《けう》の才人と評された加納与五郎にとっては重く長い坂だった。本因坊兼次という別名がありながら、碁所役四家のうち、林家の名代として、本因坊と闘うことの皮肉を感じながらも、高揚した喜びを噛みしめていた。それほど林家から、碁打ちとしての力量を期待されていたのである。

——必ず勝ってみせる。

それが加納の執念であり、父親思いの娘に対する誓いでもあった。

だが、その決意に水を差す事件が起こった。まさに雨の中ゆえに、加納の心の奥までビショ濡れになる出来事だった。

ふいに露地から現れた傘をさした芸者と幇間《たいこもち》が、一人の娘を引きずるように、

「このコソ泥！　なんだって、そんなことをするんだい！」

と表通りに押し出したのである。

芸者は桃路、幇間は玉八だった。

漆黒の座敷着の芸者の桃路が、そのきりりとした目で、コソ泥を捕まえたのは、すぐ近くの料亭だった。ここでは御老中の宴席が設えられる予定であった。御城碁下打ち試合に臨んだ後に、屋敷には戻らず、決着がつくまでは、会場となる中山備中守近くの寺に泊まるのだが、夕餉《ゆうげ》を摂《と》るために立ち寄るのである。そのついでに、芸者を呼んでの酒宴となるのだ。

「恩を仇《あだ》で返すとはこのことじゃないかえ」

桃路は娘の腕を摑《つか》むと、坂下の自身番に連れて行こうとした。いつもなら、桃路姐さんの気《き》っ風《ぷ》の良さで笑ってすませる程度のことかもしれない。しかし、事もあろうに大切な御老中の座敷を汚そうとしたと頭に来ているのである。

表通りは、町人なら後込《しりご》みするような物々しさだ。その雰囲気に飲まれて、娘は肩をすぼめて震えていた。

そこへ、北町奉行所の定町廻り同心、内海弦三郎が駆けつけて来た。まだ三十過ぎだ

が、凶悪な犯罪ばかりを扱っているせいか、どこか老齢な風貌だった。

「桃路、どうしたってんだ」

「どうもこうもありゃしませんよ。この娘はね、つい先日、口入れ屋を通して、うちの置屋に来たンだけどさ、狙いは端《はな》から〝座敷荒らし〟だったんだよ」

芸者見習として桃路について座敷に上がって、三味線や太鼓などの荷物を運んだり、着替えや化粧などの手伝いをさせていたのだが、まだ見習になって二、三日しか経っていないのに、上がった茶屋や料亭で、こっそりと金を盗んでいたのだ。

「丁度よかった、内海の旦那。まだ若いけれど、きつくお仕置きをしてやって下さいな。でないと、この手合いはまた繰り返しますからねえ」

内海は娘の顎を十手で撥ねるように上げて、

「なんで、そんなことをやったんだ？」

「ち、違います。私、そんなこと、してません。誤解です」

「私が嘘をついたってんのかい？　冗談じゃないよ。あたしゃね、嘘と餅はついたことがないんだ、スットコドッコイ。この期に及んで四の五の言う前に、番所へ行って首でも洗って貰いな」

桃路は同じ女が罪を犯すとムキになるところがある。しかも若い身空で足を踏み外すことが我慢ならないから苛立っているのだ。

しかし、娘の方は、何もしていない。むしろ、茶屋や料亭の主人の方から自分に言い寄って来て、小遣いをあげるから抱かせろと迫ってくると言うのだ。

「本当に私は、ビタ一文、盗みなんてしていません。信じて下さい」

「そうは言ってもな、俺だって見たんだよ、この目でな」

と玉八はオコゼ顔を突きつけて声を荒げた。今し方、料亭の帳場から、三両程くすねるのを目撃して、娘の襟首を摑んだのは玉八である。料理屋の主人はむしろ、三両ばかりのことで捕り物騒ぎにはしたくないと申し出たが、桃路としては自分の見習が犯した罪を恥じ、事の重大さを娘に知らしめたかったのである。

「そういうことなら、ちょいと調べねばなるまいな。自身番に行って、おまえの素姓から聞くことにするか」

と嫌がる娘の腕を、内海のごつい手が摑んだときである。娘の目に、坂の途中で傘をさしたまま佇《たたず》んでいた加納の姿が留まった。

娘は加納を凝視したが、一瞬にして誰だか分かったのであろう。まずい所を見られたというふうに顔をそむけると、もはや抵抗をしなくなって、内海に引かれるままに坂を下って行った。

その微妙な変化に気づいた桃路は、加納を振り向いて、

「あの方は？」

と呟《つぶや》くと、玉八がそれも知らないのかと答えた。

「御城碁に向かう加納与五郎様じゃねえか。もっとも、あっしも昨日、よみうり屋が、あの人に会ってたときに、そいつから聞いて知ったンでやすがね」

加納はしばらく、娘の行く先を目で追っていたが、わずかに悔しそうに溜息をついた。そして、おもむろに坂上に向かおうとして、はたと立ち止まった。

目の前に綸太郎が立っていたからだ。

「これは、咲花堂さん……」

綸太郎の手には、傘の柄に沿わせるように、鞘袋に入ったままの刀があった。綸太郎が頭を下げると、それを見ていた桃路が吸い込まれるように近づいて来て、

「若旦那ア、ご存じなんですか？　紹介して下さいな」

と気さくに声をかけてきた。桃路は金蔓《かねづる》となると鼻が利《き》くらしい。だが、今は大切な試合に臨む前である。余計なことは差し挟みたくなかった。名前だけ教えると、

「碁の試合は一局に四、五日かかる。長ければ十日を超えるさかいな。それが終われば、おまえが嫌になるほど座敷に連れてってやるよって」

「ほんと？　若旦那の〝またな〟は、〝昼間の幽霊〟だからね」

「ええから、あっち行ってなさい」

「まあ、冷たいンだから、もう」

桃路が離れると、綸太郎は煙る雨の中にまだ姿が見える娘を見て、

「あの娘に何かあるのですか？」

「あ、いえ……」

「何や知らんけど、邪念があれば碁にもようありまへん」

加納はそうですねと頷いて、呟くように言った。

「実は、あの娘なのです……折角、あなたが用立ててくれた五十両を渡した娘です」

「足抜けしようとして、ならず者に追われてたという？」

「はい。助けたゆえに、人様のものに手を出すことになったのか、それとも、元々、そういう娘だったのか……助けるほどの娘ではなかったということでしょうか……私には分かりませんが、助けたのがよかったのかどうかも、自信がなくなってきました」

「…………」

「人に親切を施すとは、難しいものでございますな」

項垂れるように背中を丸めた加納からは、つい先刻までの意気揚々としたものが失われ

てゆくように見えた。綸太郎は手にしていた大小の刀を差し出して、

「あなたの梅花皮の名刀です。いざ出陣なのですから、これをお持ちなされ」

「え……?」

「ただの守り刀ではありませぬ。真剣勝負の刀です」

綸太郎は色々な邪念を振り払えとでも言いたげに、厳しい目でぐいと押しつけた。思わず手にした加納はその重みに改めてたじろいだほどだった。

「この刀は美しい。地肌も映りも一級品や。まさに秋水の如《ごと》く澄《す》んだ心眼で、碁に臨んでくなはれ。しかし、美しいだけではあきまへん。折れず、曲がらず、よう斬れる。それを古来、武士は〝刃味《じんみ》〟と言うたそうや」

「刃味……」

「そうどす。決して折れない強さや。でも、どんなに強い刀でも、峰や鎬面《しのぎめん》を打てばたちどころに折れることもあります。そのことを戒《いまし》めるためにも、傍らに刀を置いて闘うのが、碁と聞いております。盤上の闘いは則《すなわ》ち真剣なのですからな」

今、見たばかりの助けた娘の邪念を、吹き払ってくれた綸太郎に、加納は感謝して、もう一度、礼をすると〝合戦場〟に歩み出したのであった。

八

対戦の部屋は、中山備中守の屋敷の『鳳凰《ほうおう》の間』と称される離れにあった。

鳳凰は、竜と並ぶ、古代中国より伝わる架空の生き物である。その部屋には、障子戸を通して、差し込んで来る陽射しによって、欄間《らんま》の影が映り、時が刻まれるように工夫されている。つまり、棋士たちにも試合の刻限が分かるのだ。

しかし、試合第一日目は生憎の雨。ぼんやりとした影も浮かばない部屋は、湿気も澱《よど》んでいて、波乱の幕開けになる予感があった。

「こ、これは……!?」

碁盤の前に座した加納は驚愕《きょうがく》した。

対戦するための碁盤は、娘の佳代が買い戻したものであり、碁石は質に入れたはずのものだったからである。相手も、この血の痕の碁盤の噂くらいは聞いたことがあるはずだ。

——咲花堂さんが用意してくれたのだ。そうに違いあるまい。私のために、闘いやすいものを置いてくれたのだ。

贔屓《ひいき》と取られかねない行為である。しかし、決戦場の催しを任された以上は、上条綸太郎に裁量があるのだから、誰からも文句を言われる筋合いはない。

ただ、勝負には一切、関わってはならない。座主はあくまでも、公儀なのである。ゆえに、勝負が始まってからは、綸太郎は寺社奉行の屋敷内には入れるものの対局室に近づいてはならず、棋士に接触をしてはならないのだ。

対戦相手は、本因坊の当主、兼顕であった。五年前と同じ相手である。脇差で斬りつけてきた男である。だが、そのような過去があったことなどすっかり忘れたように端然とした居住まいである。この五年でさらに風格を増したようだ。長年、碁所として君臨して来た熟練であり、才人だから、さすがの加納も気後れしてしまった。剣術で言えば、〝目つけ〟が明らかに違うのだ。百戦錬磨の剣豪と、一介の素浪人の差は、実際の暮らしぶりの通りだった。

加納は、白だった。まずは、目上の本因坊が白石の碁笥を持つのだが、黒白どちらを持つかを試合前に決める規則がある。それに従って加納は白になったのだが、先手は黒だから、加納は後手となった。

――ヒタリ、ヒタリ……。

盤面に吸い付くように、碁石は十九路盤の上に置かれてゆく。

一見、不規則に見えながら、まるで天が采配《さいはい》したかのように、天元や星を消すように広がる様子は、碁が占いや暦作りに利用されていたことを物語っているようだった。まさに人智の及ばぬ世界がそこにあった。

「ふう……」「なるほどな……」「――なかなか」「う～む」

などと本因坊はわざと相手に聞こえるような、微かな息吹を洩らしている。それが本音かどうかは分からぬ。だが、加納は自分に集中することが精一杯で、相手の戦法を考える余裕はまだなかった。

碁は、布石と時、が勝負を決める。

じっくりと長い時をかける碁が好きな者もおれば、早碁を得意とする者もいる。いずれにせよ、如何《いか》なる大局観を持って、時を味方につけるかが肝要だ。まさに人生そのものではないか。己の生き様を見つけて、限られた時の中で実践をする。

碁は実に単純な規則である。

黒と白の碁石を交互に一手ずつ打ち、相手の石を取り囲めばよいだけだ。打った石は動かすことができず、囲んだ地面が広い方が勝ちである。

だが単純ゆえに、複雑で奥の深いものとなり、碁をする者の心がそのまま盤上に現れるのである。それを見せないようにしながら、相手に気取《けど》られぬよう、あるいは間違った予測を起こさせるように仕向けたりしながら、〝キリ〟〝カタツギ〟〝アタリ〟などを繰り返して布石を敷き、陣地を広げて行く。

初めは茫洋《ぼうよう》としていたものが、しだいに現実味を帯びてくる。これもまた人生に似ている。遠くの夢や希望を、一つ一つ、地道に石を置いて行くことで、己の手に届く確かなものに変えていくのだ。

「――ふ〜む。なるほどな、そう来るか」

本因坊の溜息混じりの声が、時が止まったような鳳凰の間に重く響いた。

加納は五年前の対局と勝手が違うと感じていた。明らかに上達している。まるで別人だった。碁所という地位が腕を磨かせたのか、手筋が複雑になっている。

――負けるかもしれぬ。

という思いが、加納の胸に去来した。

碁所役四家の熾烈《しれつ》な争いは、碁盤の上だけではなかった。様々な憶測が飛んでいたが、まるで御家騒動のように生死を賭けた闘いもあったという。

碁盤の裏の〝血だまり〟に、まさに盤上で倒れた者の血が流されるような不穏な空気を揺るがすように、

「そろそろ、仕掛けに参るようじゃな」

と立ち合いの老中が声を洩らした。

一瞬、緊張が走った。

まさに、岡目八目と言われるように、傍《はた》から見ていた者は、つい口を出したくなる。だが、天覧碁であったなら、

――首が飛んでいた。

かもしれない。

対局している間に、横合いから口を挟んだ者はそうされたという言い伝えがある。その首を据えるために、碁盤には〝血だまり〟があるともいう。

だが、当の老中はまったく気にしていない。しかし、他に臨席している若年寄や大目付《おおめつけ》のゴクリと生唾を飲み込む音が聞こえたほどである。老中は、碁石を並べることができる程度であって、寺社奉行の中山備中守ほどの実力はないからこそ、不用意に発言をしたのであろう。

「このままでは、まずいな」

と口の中で呟いたのは、中山備中守である。数日の時がかかるどころか、一日で決着がつくやもしれぬと、その流れから察したのだ。もちろん、わずかではあるが、加納が有利な展開をしていたからである。

加納の目はじっと盤上から離れなかった。

中庭は、雨が上がり、仄《ほの》かな陽射しさえ差し込んで来ていた。それと同時に、鶯《うぐいす》の声さえ聞こえる。だが、加納の耳にはまったく届いていないようだった。いや、禅の修行僧のように、耳には届いているが、そのまま通過する心境かもしれない。

――鶯か。

と思った途端、バシッと禅杖を打ち込まれるという。まさに無念無想の境地に、加納は入っていたのだ。その加納の集中力を突き崩すように、

「まもなく日暮れよのう。今日はここまでとする」

中山備中守が「やめ」と打ち切りの合図を出した途端、役人が次の一手を本因坊から聞いて封印した。明日は本因坊から打ち、その続きを加納が打つのである。ゆえに、

――今夜はゆっくりと考えることができる。

と加納は安堵した。もちろん、相手の次の一手は何か分からない。ゆえに、迷うことになるのだが、それは相手とて同じだ。

礼を終えた加納は、宿泊のために用意された奥の一室に招かれた。対戦相手の本因坊とは顔を合わせないように段取られている。

八畳程の静かな部屋は、裏庭の竹藪に面していて、静寂な中に鹿威《ししおど》しの軽やかな音がさりげなく聞こえる。水の流れとともに時の流れを感じさせるこの仕掛けは、加納の好きな

ものだった。

「ここまで気遣ってくれるとは……やはり咲花堂さんのお陰か、いや、中山備中守は、やはり考え直して下さったか……」

湯に浸かった後、一人で今日の棋譜を思い出し、軽く酒を舐《な》めながら、ぼんやりとしていた時である。

中山備中守が入って来て、

「なかなかの手筋。お見事であった。本因坊にも見舞いに行ったが、少し落ち込んでおったようじゃな。あ、いやいや、かような余計なことを言うのも御法度《ごはっと》じゃった」

加納は微笑を浮かべたが、余裕を持ったわけではない。むしろ、油断をしてはならぬと肝に銘じたのだった。しかし、中山備中守の次の一言で、動揺が走った。

「――娘の佳代、だったかのう。大丈夫なのか？」

「は？」

「小耳に挟んだのだが、急に心の臓が苦しくなって倒れたとかで、みな心配しているそうじゃ」

「まさか……!?」

狼狽《ろうばい》しそうになった加納に、中山備中守は実に同情したような目で、

「なに案ずるには及ばぬ。わしも御典医に口添えして、よい医師をつけさせておるゆえな。安心して、碁に集中するがよい。よいな」

それだけ言って、中山備中守は何食わぬ顔で出て行った。

「……わざと言ったなッ」

明らかに加納の心をゆさぶるつもりであろうことは容易に理解できた。

だが、佳代のことが本当かどうかは分からない。すぐさま長屋に戻りたい気持ちだったが、下打ちの間は外には出られない。誰とも接触することはできない。なぜならば、誰かに次の手を考えさせたり、教えを請うたりできるからだ。

「——佳代……」

鋭い刀でも弱味がある。まさに鎬《しのぎ》を削っているのに、その鎬面を思い切り叩かれて、ポキンと折られた感じであった。

さっきまで心地よかった鹿威しが、俄《にわか》に不気味で不快な音に変じた。

九

長屋の一室から、まだ咲かぬ梅の木を眺める気力がなくなって、佳代は布団に横になったままだった。

たしかに、中山備中守が差し向けた医者は来ていたが、特段、手を尽くす様子もなく、まるで悪化するのを待つかのように眺めているだけであった。

「しっかりしろ、佳代ちゃん。父上も頑張ってるのだからな」

金三ら長屋の者たちが心配そうに声をかける。

「――はい」

消え入りそうな声で佳代は一生懸命に答えた。

「どうなんでえ、先生様よう」

金三はまるで我が子を心配するように、医者に食らいついた。触診をしていた医者は、芳《かんば》しくないというような顔をしたが、

「今日明日ということはない。まだまだ頑張れるぞ」

「そ、そんな言い草ってあるかよ！」

まるで死んでしまうとでも言うのかと怒鳴りそうになったが、佳代の前である。金三は声を飲み込んだ。

長屋のかみさん連中にも、加納が死に目に会えなかったという女房・清のことが脳裡をよぎった。同じことを二度と繰り返させてはならないという思いと、きっちり再起させて

やりたいという気持ちである。

「――ち、父上……」

「大丈夫か、佳代ちゃん。父上に会いてえのか？」

と金三は、目を閉じたまま唸《うな》るように、か細い声を洩らす佳代に言った。

「呼び戻してやろうか？」

「いいえ……私のことは、父に言わないで下さいね……そしたら、心配になって帰って来るかもしれない……」

「佳代ちゃん……」

「そんなことになったら、私、いやだ……父には途中で、投げ出さないで貰いたい……絶対に最後まで闘って……そして勝って貰いたい。だから……決して父には、話さないで下さいね……約束よ」

そう言いながら小指を差し出したが、まるで力尽きたように腕がだらりと落ちた。その小さな掌を金三はそっと握って、布団の中に戻してやった。ドクドクと血の流を感じる。

佳代は立派に生きている。重い病ではない。体中に血を巡らせる心の臓が、少しだけ悪いだけだ。心労で体調を崩しただけに違いない。

しかし、長屋の者たちは、加納が勝負に勝って帰って来たとしても、その時には、勝利を喜ぶ娘はいなくなっているのではないか、そんな不吉なことすら思い浮かべていた。それほど、加納の妻のことは衝撃だったのである。

金三は医者にしがみつくように、

「先生。なんとか、お願いしますよ」

「うむ。長年の苦労が祟《たた》ってるようだが、本当に、父親を戻さなくていいんだな」

と医者は念を押すように言ったが、誰も返事をしなかった。

一方——。

加納はその翌日も、その翌々日も対戦をした。

本当ならば既に決着がついてよさそうな態勢だったのだが、一転して本因坊が有利な展開となってきた。目の前にチラつく娘の顔を涙と一緒に拭いながら、

「どうか、頼む。頑張ってくれ」

と念じ、一手一手を慎重に押し進めた。しかし、靄《もや》がかかったように雑念が消えぬ頭では冴《さ》え渡る手が使えるわけがない。妙案も奇抜な閃《ひらめ》きも湧いてこないのだ。

佳代のことだけではない。己の優柔不断さや親切の押し売りによって、いかに女房子供に迷惑をかけてきたか。そんなことまでが胸の裡《うち》に去来した。

本当に娘の所に帰らなくていいのか、万が一のことがあったらどうするのだ。また悔やむかもしれないのだぞ。娘のことを放っておいて、勝負にこだわることが、そんなに立派なことなのかと悩みに悩んだ。

——もはや勝負にならぬ。

負けてしまうくらいなら、いっそ投了してしまおうか、と加納は考えた。

投了とは文字通り、投げ出すことである。だが、投げ出すといっても、自棄になることとは意味が違う。如何に何処で負けを認めるか。その引き際が肝心なのだ。

真剣勝負で、「参った」と剣を置く武士の潔さは、その太刀筋や間合いから、相手を敬うことで成立する。相手を敬うことは、自分を尊ばない者にはできない。尊敬とはそういうことだ。

『勝って驕《おご》らず、負けて悔やまず』

それが勝負の世界というものだ。まさに、自らを尊ばず、相手を敬えないままで、投了ができるのか。ただ逃げ出すことになりはしないか、加納は苦悶《くもん》した。

本因坊がやや好転したものの、決め手に欠けて、陣地を広げることができなかった。そんな様子を歯がゆい思いで見ていた中山備中守は、密かに家臣を自室に呼びつけた。

「どうも、うまくないのう……もっと近う寄れ」

若い家臣が言われるがままに、膝を進めると、

「今日中に勝負がつかぬ時は、奴を殺せ」

「――は？」

さすがに家臣も驚いたようで、思わず聞き返した。

「二度とは言わぬ。退席した後でも、部屋に戻ってからでもよい。隙を見計らって、一思いに殺してしまえ」

「し、しかし……」

「理由など後から、幾らでもつけることができる」

家臣は一度はこくりと頷いたが、釈然とせずに見つめ返すのへ、中山備中守は淡々と答えた。

「わしとて殺してまで本因坊の勝ちにしとうはない。しかしな、それが宿命なのだ」

「――宿命……」

「御城碁の碁所頭であり続けるためのな。寺社奉行といえども、たかが幕府の役職に過ぎぬ。本因坊には、いにしえより延々と伝わる、目に見えぬ格式があるのだ」

「目に見えぬ……」

「さよう。能楽しかり、茶道しかり、華道しかり……あらゆる芸事や武芸はただ技を伝承

するわけではない。心を伝承するのとも違う。人の世を営む裏の裏……わしにも分からぬような、大きく強い力があるのだ」

中山備中守の顔は何かにとりつかれたように醜く歪んできて、家臣がたじろいで後ずさりするほどだった。

「よいな。所詮、わしらも歯車のひとつだ。ゆめゆめ、世の営みを変えようなどと思うな。本因坊が御城碁の権威であり続けること。それが幕府、そして、もっと大きな何かの宿命なのだ」

家臣は固唾《かたず》を飲んで、中山備中守の異相を眺めていたが、まるで幻術にでもかかったように、対局室の表廊下で正座をして控えていた。微動だにせず、仏像のように。

そして、本日の対局が終わり、世話役が加納を部屋に連れ帰るのを、そっと尾行するように後を追った。幾つかの廊下の角を曲がった時、柱の陰からすうっと一人の男が現れて、家臣の前に立った。

綸太郎だった。

家臣は驚いて腰の刀に手をあてがったが、綸太郎はすぐさま相手の手の甲を押さえて、

「間違っても、血で決着をつけるようなことはなさいますな」

「！　どこで話を……」

聞いていたのだ、と問い返しそうにするのへ、綸太郎はさらに半歩近づいて、

「もし、指一本でも、加納様に触れるようなことがあれば、この上条綸太郎が承知しまへん……そう中山備中守に、お伝えなされ。でないと、それこそ偉いことになりまっせ、とな」

めったに見せない綸太郎のゾクッとするような顔だ。その家臣にとっては初めて目《ま》の当たりにする恐怖に似た圧迫感に、がくりと腰が崩れそうになった。

「ええどすな。あんたが手を出さなければ済む話や」

「…………」

「勝負に余計なことを差し挟むのは、それこそ御法度。あんたさんかて、只では済みまへん。どうせ、あんた一人が乱心したとして手討《てうち》。そう片付けられるのが関の山や。分かっといやすな」

まるで脅しだった。しかし、綸太郎の得も言われぬ冷ややかな態度にもまた、

――何か強い見えない力。

が不気味なくらいに漂っていた。

四日目の明け方――。

加納は亡き妻の夢を見た。まだ赤ん坊の佳代を抱いて、向島《むこうじま》の梅園に行った時の穏やかな情景だった。夢の中の妻は笑っていた。

「碁は大事である。しかし、碁より大事なものがある」

加納はそれが何か、もう一度、篤《とく》と考えた。

その日の碁は、ガラリと変わって、自分でも面白いほど有利に運ぶことができた。傍観していた老中たちの目も輝いて、まるで自分たちが打っているように、身を乗り出して見ていた。それほど緊迫した勝負が続いたのである。

二百八十手近い手筋に及んだ時、大きく息を吸い込んだ本因坊兼顕は、

「――参りました」

と深々と頭を下げた。加納は小さく頷くと、かすかに満足そうな笑みを浮かべた後で、訝しげに本因坊の顔を見た。

「さすがだな……」

負けた本因坊の方も妙に爽やかに納得したように息を吐いた。そして、本因坊はその場にしばらく、座って盤面を見ていたが、

「さよう……また、おぬしが半目、勝った」

とおだやかに言った。

「加納……この五年、私も今度対局することがあれば、必ず勝つと、修行してきたつもりだ。だが、市井にありながら、おまえはさらに腕を磨き、力をつけていたのだな……」

五年前とは随分と違う態度である。棋風にもその片鱗はあったが、ただ闇雲に勝ちに向かうのではなく、相手との〝間〟を大切に扱う碁になっていた。碁所頭になった経緯がどうであれ、本因坊兼顕はその後の鍛錬を通して、人としての成長もしたのであろう。だとすると五年前の対局も無意味ではなかったということだ。

「――加納与五郎……やはり、おぬしは大したものだ。ああ、寺社奉行があれこれ余計なことをして、邪魔をしておったのも承知しておる。にも拘わらず、おぬしは見事に勝った」

本因坊は勝負師の顔になっていた。本当の勝負師とは、負けて悔やまぬことだ。今の本因坊がそうだった。

「加納……おぬしも今日から、御城碁の〝戦士〟として、闘うことが許されるであろう。そして、碁所頭の座は、潔く林家に譲ることにしよう……悔しくないと言えば嘘になるが、おぬしは立派に闘った。よくぞ、ここまで変わられたな」

「いや。あなたこそ、変わった」

と加納は相手の揺らぎのない瞳をじっと見た。

「あなたこそ、立派な碁所頭に相応しい人になられた。それに比べて、私はその器ではない」

「――む？」

「私の心の中にあるのは、恨みつらみだけだった。勝負の心ではない。だからこそ、娘の様子を聞いて動揺し、悩み、苦しみ、碁に集中できなかった。そんな人間は碁をしてはならぬ。御城碁というものに踏み込んではならぬと気づいたのです」

「皮肉……か？」

「そうではありません。まだまだ修行不足だと思い知ったのです。ですから……碁所頭は、ご辞退申し上げる」

　傍らで見ていた中山備中守は、何か言いたげに腰を浮かせたが、黙って聞いていた。本因坊が機先を制するように、険しい目を向けたからである。

「それでは、この本因坊が得心できぬ」

「いいえ。あなたには、やはり御城碁を守る〝格式〟があるのです」

「しかし、おぬしは満足しても、林家が納得するまい」

「林家とは私が誠意をもって話を致します。林家も元々、碁の技は磨くことこそすれ、碁所としての地位や名誉はさほど欲しがらぬ家柄。だからこそ、私を名代にしてくれたのです」

「これまた皮肉か」

本因坊はそう言いながら微笑んでいた。加納の言いたいことは、すべて納得したような顔だった。

「——相分かった。だが、私は、勝負には負けた。また、いずれ……」

「いいえ、二度と会うことはございますまい。御家の繁栄を遠くより、祈っております」

と加納は深々と礼をした。本因坊も礼をした。まさに、礼に始まり礼に終わる闘いに幕が引かれた。言葉こそないが、お互いを讃え合うのが、臨席した幕閣や見届け役たちにも伝わった。

その四半刻後——。

加納は長屋への道を急いでいた。駆け出しながら、こんな思いが去来した。勝つか負けるかを考えているうちは、本物の棋士にはなれぬ。そして、

「碁は大切だ。しかし、もっと大切なものがある」

という思いを改めて感じた。

たとえば娘との想い出である。生きるということは想い出を重ねることだ。その想い出

があまりにもなさすぎる。加納は勝負の一手一手を打ちながら、今を生きる大切さは分かりすぎるほど分かってきていたが、

——その証。

が、もっと大切だと感じていた。それが娘だった。佳代の笑顔だった。

「咲花堂の上条綸太郎が、刀の強さや弱さについて話していたが、本当に私に伝えたかったことが、ようやく分かったような気がする。弱さを知ってこそ、強さを生かせる……自分は今まで、弱さを見せないようにしてきた。隠そうとして来た」

加納はそう思いながら、咲花堂の店の前を通り過ぎ、佳代の待つ長屋に急いだ。

長屋の一室に飛び込んだ加納は、にこやかに迎えてくれた娘をひしと抱きしめた。

「体は大丈夫なのか？」

「どうしたのですか父上……私、ちょっとだけ具合が悪くなってただけ。心配するほどのことじゃありません」

寺社奉行は大袈裟に伝えたようだ。安堵した加納は、まじまじと佳代の顔を見つめて、

「すまんな、佳代。おまえの容態のことを聞いたら、すぐにでも飛んで帰るべきだった……だが、このバカ親父は、またぞろ同じことをしてしまった。おまえの母の時と同じ過

ちをしてしまった……帰りたかった。すぐにでも帰りたかったが……この手が、勝負に拘ったのだ」

と震えるような指先を差し出した。女房の時には、迷わず勝負に出たが、今度は迷いに迷った。だが、結局は、勝負師の性《さが》で勝つことを選んでしまった。

「勝たねばならぬ。どうしても、勝たねばと……そう思ってしまったのだ。私はだめな父親だ。許しておくれ。下手をしたら、おまえは……」

「いいえ。帰って来たら、許しませんでした」

「ええ？」

「あの時の母上の気持ちも、今の私と同じだったと思います。父上は碁打ちなのです。勝って帰って来てくれるのが一番、嬉しいのです。勝負を途中で投げ出したり、ましてや、わざと負けたりしては、絶対にいけません」

「佳代……」

加納は碁所の役職を辞退したことを伝えたが、佳代は一向に気にする様子はなく、

「でも勝ったのでしょ？　後は父上が選んだ道。私は父上と一緒に暮らせるだけで十分です」

「済まぬな佳代……まだ貧乏暮らしが続きそうだ」

その日、梅の花が突然、咲いた。

「父上……今年も母上が……」

御城碁で加納が闘っている間、佳代も寝床で頑張っていたことを誉め称えるような、真っ白で可憐な香しい花びらだった。


数日後――。

名代となっていた林家から使いが来た。間で取り持った綸太郎も一緒だった。てっきり文句を言われると思っていた加納だが、

「あなたの碁で、熾烈な利権争いには加わらぬという思いに至ったと、当家の主は申しております。これからも澄んだ碁を目指していただきたい。そのためなら当家はいくらでも援助します」

という報《しら》せだった。

その後、碁所を競い合うことに、林家は参画していない。

今般のことも勝負には勝ったという噂が広まり、弟子にして欲しいと訪れる者も増えた。弟子には、旗本や御家人もいて、食うに困らぬほどの糧《かて》を得られるまでになった。

そして、さらに吉報が届くことを、加納与五郎と佳代親子は知らない。それはまだまだ

三年も先のことである。

西国の小さな藩に、碁の指南役として迎えられることになるのだが、その藩の側室に、五十両で救ってやった、おかよ、という娘が収まっていたのだ。

神楽坂で擦れ違った時のことを恥じて、もう一度、きちんと生まれ変わると心に誓っていたのである。人生はどこでどう転ぶか分からない。

——情けは人のためならず。

死に金にはならなかったようである。

その城にも、白梅が咲き乱れる頃のことだった。

第四話　鬼火《ものび》の舞

泣いているようにも見え、笑っているようにも見える。

その翁面《おきなめん》を見せられた時、綸太郎は背筋が凍《こお》ったことを今でも覚えている。

いにしえには、春日とか日光という能面師がいて、優れたものを残しているが、未熟な者がそれをかけて舞うと顔から剝《は》がれなくなるという。

面は被《かぶ》るではなく、〝かける〟、装束《しょうぞく》は着るではなく、〝つける〟と言う。それは能役者の内面から出る心を増幅させるように、面や装束に宿っている魂が演者に乗り移るからであろう。

一

白川《しらかわ》流当主の清澄《きよずみ》が咲花堂を訪ねて来た時、

「どうしても、その翁面が欲しい」

と綸太郎に縋《すが》るように言って、飾り棚から奪おうかという勢いで、何度も何度も譲ってくれと哀願した。

綸太郎と同じ年頃にも拘《かかわ》らず、凜然《りんぜん》と立った清澄の姿は能役者というよりも、何年も修行した剣豪か高僧に見えた。しかし、翁面を欲しがる清澄は駄々《だだ》っ子でしかない。その不

均衡な人間のありようを、

——どうも妙だ。

と綸太郎は感じていた。不快なわけではないが、どことなく尋常ではない雰囲気が漂《ただよ》っていたのである。

「申し訳ありまへんな。この能面だけは勘弁しとくれやす。ま、店の守り神みたいなもので、売り物ではないんどす」

綸太郎は丁寧に断ったが、相手は白川流能楽師の頭領である。能面は飾り物ではなく、使うものだという思いがあったのであろう。金に糸目はつけぬ。天下に知られている咲花堂たる者が、「これは売って、これは売らぬ」というのは不遜《ふそん》であるとまで言う始末だった。

だが、綸太郎はどこか人間としては未熟さの残る清澄に、皮肉のひとつも言いたくなった。

「うちは目利きを生業《なりわい》にしているのであって、物の売り買いで稼《かせ》いでるわけではありまへん。いわば、あなたの芸と同じです。真贋《しんがん》を鑑定し、形のない見えないものに値打ちをつける。その奥深い心を分かってくれまへんか？」

「分からぬ。屁理屈はよいから、あの翁面を寄こせ。どうしても、『八朔《はっさく》』の儀式で使いたいのだ」

八朔の儀式とは、年に一度、江戸城中で行われる式典で、能楽も行われる。

今年は、例年とは時期をずらして、三社祭《さんじやまつり》の折に催される〝町入能《まちいりのう》〟も一緒に併《あわ》せて披露するとのことで、どの能楽師もいつになく気合が入っていたのだ。

既に、京の本家の方にも、式典に相応《ふさわ》しい能面、装束、扇や鼓《つづみ》までも求めて来ていたらしい。使い込んだものではなくて道具を代えるのは、『八朔』に相応しく、新しい試みに挑戦するという意気込みを見せるためだという。

白川流は、観世《かんぜ》や宝生《ほうしょう》とは違い、型にはまらぬ能楽を演ずる。たとえば、清澄が拘《こだわ》っている面である。シテがかけるべき面をワキがかけたり、直面《ひためん》で演ずべきものを面をかけたりする。時には、面を途中で入れ換えたり、楽曲と舞も違うものを組み合わせ、翁の装束を娘と差し替えたりと、型破りというよりも出鱈目《でたらめ》にさえ見える。

その不均衡さが、普段の清澄にも現れているのかもしれない。

「この翁面を、私は知っている」

と清澄はじっと見つめたまま、どうしても手にしたいように腕を伸ばした。

「私の祖父がかけて演じたものだ。咲花堂、おまえは分かっておるのか。この面をかければ、たちどころに、若女《わかおんな》になり、中将になり、はたまた般若《はんにゃ》になり、三日月にすらなる。

演じているうちに、刻々と顔が変わってゆくのだ」

そんなバカなことはない。綸太郎はそう言おうとしたが、清澄は否定した途端、腰の脇差で斬りつけて来るような異様な目つきになっていた。そして、綸太郎の内心を見抜いたかのように、

「ならば般若はどうじゃ。あれは女の心が、相手次第で変わる。その気持ちを……いや執念を描いたものだ。人は能面が演者によって、笑ったり泣いたりと変化するというが、それは見る者の心次第。つまりは、錯覚じゃ」

「そんなものですか……」

「だが、白川流は違う。変わるのだ。まこと、面相が変わってゆくのだ。演ずる者の心の中が動くままにな」

と清澄は激しく感情をぶつけてきた。色々な人間と接して来た綸太郎だが、最初に会った時の不均衡な感じは、ずっと拭《ぬぐ》えないでいた。

「ならば、清澄様。お貸しするのでは如何《いかが》でございましょう」

「貸すだと？　元々は祖父のものだぞ」

「そうだとしても、今は私どもの手元にあるものでございます」

「ふむ。目利きも骨董屋も騙《かた》りの如《ごと》くとはよく言ったものだ。おまえたちは人のものを奪

っておいて、我が物顔で扱うのか」

少し興奮しているが、綸太郎はそれを抑えるように、能楽の芸談義をして、相手の自尊心をくすぐったところで、

「私も、町入能に招かれておるのです。へえ、大名や旗本のお屋敷には何度も足を運んだことがありますが、江戸城中に入るなんて、まさに御目見《おめみえ》の御家人になった気分でございます。ですから、清澄様が頑張っている姿を私も拝んでみとうございますれば……その翁面をお貸しすると言うているのです」

清澄は不満だったようだが、どうしても手に入れたいためには妥協するしかなかった。

「だが咲花堂。おまえも観に来るならば、私の舞台をしっかり目に焼きつけておけ」

「舞台を……」

「そうだ。その翁面は、飾られている間は翁面でしかないが、私がひとたび舞えば、しだいに違う顔に変わってゆくのだ」

「…………」

「もし、それを見たならば、どうだ、この面を私に譲ってくれ。只《ただ》とは言わぬ。持つべきものが持って、初めて道具は生きるのだ」

たしかに、そのことは綸太郎がつくづく思っていることである。

刀剣目利きでも、鑑賞のために鑑定する者と、実用のために鑑定する者がいる。〝武家目利き〟と言うのが、実用を旨《むね》とする目利きで、研《と》ぎもするのだ。綸太郎も道具は使うものであって、見るだけに存在するものではないと考えている。だが、

——これだけは特別だ。

という業物《わざもの》があるのも事実だ。この能面がそうだった。

しかし、当代きっての一流の能楽師が所望しているのだ。頑《かたく》なに拒絶するのも、骨董を扱うものとしては失格であろう。

「分かりました。面相が本当に変われば、お譲りいたしましょう。それが、あなたを生かす道でありましょうから」

「ようやく話が分かってくれたか。うむ、必ずや、よい舞台にするぞ」

俄《にわか》に子供のように笑った清澄は、本当に喜んでいるのか、何やら企んでいるのか、腹の底が読めぬような顔だった。

二

透き通った小鼓の響きに、薪《まき》がはぜる音が重なる。

そのたびに薪能の炎が妖《あや》しく揺れ、白装束の鬼面が憑依《ひようい》したように跳ね上がった。まるで命を司《つかさど》る神の意志が、能楽師の五体に舞い降りたかの如く、静かだが力強く檜《ひのき》舞台を漂っていた。

江戸城本丸では『八朔』の儀式が執り行われ、親藩、諸大名、旗本御家人の将軍家斉《いえなり》公への挨拶《あいさつ》が終わり、式典最後の行事、観能会が催されていた。

八朔御礼とは、江戸幕府初代将軍・神君徳川家康公が江戸入りをした日を祝ったもので、将軍も大名も白帷子《しろかたびら》に長袴《ながばかま》の白ずくめで参列をしていた。

例年どおり、喜多《きた》流、宝生流、金剛《こんごう》流、金春《こんぱる》流、観世流がそれぞれ、『道成寺《どうじようじ》』『卒都婆《そとば》』『隅田川《すみだがわ》』など御家芸を披露した後、五家とは別格の白川流がトリを取って、〃鬼火《ものび》の舞〃を演ずるのであった。

その舞は、かげのわずらい、すなわち魂と肉体が遊離した様を表し、現世と異界の交わる特殊な影の世界を描くものであった。

——人の恨みの深くして、浮き音に泣かせたまうとも、生きてこの世にましませば、水暗き沢辺の螢の陰より光る……。

同じ文言の謡曲『葵上《あおいのうえ》』ならば般若の女御で舞うところを、清澄はわずかに赤みを帯びた翁面で舞い、やがて鬼面のようになり、裂けたような口からはみ出た牙が怖《こわ》さを増していた。

「実に、見事なものじゃ……」

正面席に陣取った今をときめく老中・松平定信《まつだいらさだのぶ》は、浮世の憂《う》さを忘れたかのように、しずしずと舞う能楽師を、その細い目を虚《うつ》ろにして眺めていた。

翁面厚板唐織《あついたからおり》、籠目に松明《たいまつ》紋様の装束の能楽師は、白川流本家当主、白川清澄。凛然と張りつめた姿であった。

優男《やさおとこ》風の甘い顔に似合わず、肉体は剣豪を彷彿《ほうふつ》させるほど鍛えぬかれた鋼《はがね》のようだった。

綸太郎は勧進相撲のように竹柵で囲まれた桟敷《さじき》席に座り、他の町人たちに混じって、池の真ん中に設えられている水舞台を見ていた。町人といっても問屋組合の幹部や町名主、名人級の職人らが呼ばれているだけで、ほとんどの江戸町人には縁のないものだった。

咲花堂の店に来た時とは、まったくの別人だ、と綸太郎は感じていた。それほど人を圧倒する怖さがあった。とはいえ、やはり初めて会った時の妙な不均衡さは感じざるを得なかった。

たしかに、翁面が様々な顔に変わっているような気がする。綸太郎の心の動きに応じて、そう見えるというのではない。現実に刻々と変化しているのだ。それを他の観客も感じているようだが、特段、気にする様子はなく、まるで夢にでも引き込まれるように、人々の目はトロンとなってきていた。

幽玄の世界に迷い込ませるのが、能楽師の巧《たく》みな技術である。

氷上をゆっくり滑《すべ》るように舞いながら移動する清澄は、目が虚ろになっている松平定信ら幕閣や臨席している町人らを、舞台の上から冷静に眺めていた。

——浮世の憂さか……その憂さを作っているのは、おまえではないか。

松平定信は清廉潔白な老中として知られているが、実は野望のかたまりだと、清澄はよく知っていた。芸を行っている最中に、余計な妄念が浮かぶと、技能に乱れが出る。

綸太郎はその爪先に変化を感じた。武術でもそうだが、目や腕に変化はなくとも、爪先だけは誤魔化《ごまか》すことができない。心の乱れは細部に現れるものである。

——しまった……！

清澄の躰《からだ》に、しとやかな緊張が走ったが、跳ねた時にふくらはぎの筋がわずかに震えただけで、舞は完璧だった。清澄の想念が揺れたのを見抜いたのは、数十人居並ぶ幕閣や旗本の中には誰一人いないであろう。

「いや……ここにいるぞ」

綸太郎には清澄の想念すら手に取るように分かった。それほど能楽としては完成度が高くないということか。観世、宝生、金剛、喜多、金春の五家の能楽師は気づいているに違いない。ただ、老中らは、清澄の能楽に、ただただ眠くなっているようだった。

退屈だからではない。

幕閣の意識を混沌とさせ、心を夕凪《ゆうなぎ》のように平穏に保ち、意欲も闘争のかけらも失わせるための舞だからである。意欲を削ぎ取る〝鬼火の舞〟こそが、白川流の一子相伝の奥義であり、幽玄美とは隔絶した、殺しの舞とも言えた。

——殺し。

清澄はまさしく、この大勢の幕閣と旗本の前で、松平定信を殺そうとしていた。

しかし、綸太郎にもそこまでは見抜けていない。怪しげな動きに見えるが、能楽の舞そのものが、武術の動きでもある。不気味で怪しいのは当たり前であった。

その舞を美しいと見とれている定信が死ぬのは、清澄が舞い終わって、最後に檜舞台を力一杯、〝ドン〟と踏みならした時である。

熟睡している時に、耳元で大声を上げられると、突如心拍の数が増えて、動悸《どうき》が激しくなって止まらなくなる。誰でも経験のあることだ。理屈はそれと同じことだ。

定信の心の臓は、一瞬のうちに破裂して、血を吐いて倒れるに違いない。同時に、夢想状態の幕閣たちもハッと我に返る。その時には既に、定信は座席に倒れ伏しているのだ。

何が起こったか分からず、誰もみな慌てふためくであろう。

「老中松平定信をこの世から消せ」

清澄が大師から命じられたのは、数日前の夕餉《ゆうげ》時であった。小日向《こびなた》の本家に呼びつけられて、突然に命じられ、清澄はたじろいだ。

大師とは、白川流独自の呼び名で、祖父のことである。父親は小師、息子のことは弟《てい》と呼び、孫のことは小弟《しょうてい》と言った。

「松平定信様……をですか」

清澄は丁寧に、大師の白川澄龍《ちょうりゅう》に訊き返した。

松平定信は、徳川御三卿・一橋《ひとつばし》家出身の奥州白河《しらかわ》藩主で、将軍家斉の伯父《おじ》にあたる。家斉が将軍位に就いて、前将軍家治《いえはる》の下で権勢をふるっていた田沼意次《たぬまおきつぐ》を追放して後、老中首座になった。後の世にいう『寛政《かんせい》の改革』の推進者であった。

「さよう。松平定信……あのお方も少々のさばり過ぎた。このあたりで消えて貰わぬと、徳川幕府はもとより、世の中の秩序が乱れてしまう」

「私にはそうは思えませぬが」

「おまえが思おうが思うまいが、わしの言うとおりにすればよいのじゃ」

大師の言葉は絶対であった。それは、この世の中を支配する神の意思であると、清澄は叩き込まれていた。

伝統と格式のある白川流能楽の家系――。

これは世を欺《あざむ》く仮の姿。実は鬼火一族の血脈が縷々《るる》と繋《つな》がっているのである。

鬼火一族とは、天照大神《あまてらすおおみかみ》の巫女《みこ》を祖とする闇の権力者である。

能楽の師範として、時の為政者に仕えているが、その実は護衛官を兼ねていた。そもそも能楽の舞自体が、柔術、剣術、棒術など古代武術の技であり、並々ならぬ肉体の鍛錬をしなければ、到達できる技術ではなかった。

護衛官もまた表向きの職務であり、為政者を後ろで操る傀儡《くぐつ》師に他ならない。

蘇我《そが》氏、藤原《ふじわら》氏、平《へい》氏、源《げん》氏、足利《あしかが》氏……日の本の国が開闢《かいびゃく》して以来、すべての権力者を支援してきたのは、鬼火一族なのである。

そのためには暗殺もする。

古くは蘇我入鹿《いるか》、近くは織田《おだ》信長……現将軍家斉の曾祖父吉宗《よしむね》がその地位に就いたのも、すべて鬼火一族の意思があってのことだ。

権力者がいれば、その権力に反抗する者たちがいる。つまりは、まつろわぬ者たちがいる。その無数のまつろわぬ者たちと、権力者の天秤《てんびん》の軸になっていたのが、鬼火一族なのである。

清澄とて、己《おのれ》がそのような一族の血流などとは信じられなかった。初めてその事実を知らされたのは、十五の年。そして、初めて殺しを命じられたのが、十七の年だった。

その時、標的になったのは、松平定信の政敵、一橋治済《はるさだ》であり、治済が利用していた田沼意次であった。

一橋治済こそが、英明といわれた松平定信を、御三卿から外し、白河藩に追いやった張本人である。そして、自分の息子の家斉を強引に将軍の座につけたのだ。

その後も、家斉の背後にあって、まるで大御所政治を行おうとしていたが、大御所とは将軍を引退した御仁のみが称せる地位である。幕閣の批判もあって、松平定信が老中として、幕府の中心に舞い戻ったのである。

八代吉宗公の知性を受け継いだ孫の家治《いえはる》は、頭脳は明晰《めいせき》だったが、優柔不断な性質であった。ために老中若年寄からは、手なずけやすい将軍に見えたのだろう。その家治を巧みに田沼意次嫌いにさせようと目論《もくろ》んだのが、老中・本多越中守《ほんだえっちゅうのかみ》だった。

「本多を消せ。でないと、田沼の化けの皮が剝がれる」

と田沼を盛り立てるために、鬼火一族の手で、反田沼派を消したこともある。

しかし、今や田沼時代のような賄賂《わいろ》政治は消えていた。田沼が全盛を誇っていた頃は、諸大名、諸国からの付け届けだけで、十五万石の大名並の収入があった。幕閣中枢であることで、誰もが手にすることが出来ぬ富を得ることができたのだ。その富が、田沼の欲望を煮えたぎらせ、幕府政治そのものを突き動かした。

だが、松平定信になってからは、清廉潔白の政《まつりごと》が行われ、一見、澱《よど》んだ権力闘争は消えたかに見えた。本来なら、松平定信は将軍の座に就くべき人間だったのだ。幕府中枢の老中首座とはいえ、将軍の権力や権威には到底、及ばない。

——白河の清き流れに魚住まず、濁れる田沼いまは恋しき。

などと落首に詠まれたが、定信を引きずり下ろし、田沼に代わる〝独裁者〟の登場を幕閣連中は待ち望んでいたのである。でなければ、幕閣になった旨味《うまみ》がない。真面目《まじめ》に政をしたところで、何の喜びがあろうか。それが、凡庸な幕閣の本音であった。

世の中には二通りの人間がいる。富を得るともはや働かなくなるもの、そして富を得るとますます野望を燃やすもの。

田沼意次は明らかに後者であった。出生はわずか六百石の御小姓《こしょう》であるが、意次は父親をはるかに凌《しの》ぐ、押しも押されぬ権力者になってしまったのである。

そこまでになったのは偶然ではない。鬼火一族の見えぬ力によって、担ぎ上げられたのである。しかも、意次という一人の人間の知性と活力が、己《おの》が力以上のものへと変貌していったのである。

だが、松平定信は、富を得ることには、何ら関心を持っていない。将軍家の一員として生まれたからには、天下万民のために働くことが、当然だと帝王学として教育されていたからである。

だが、やはり富があるから、貪欲に働くことをしない。綺麗事は幾らでも並べられるが、田沼意次のような強欲さがない。時に、その人間の貪欲さが世の中を動かすのである。

しかし、その分、定信は人一倍学問をした。人の世の成り立ちを、実学として我が血肉としていった。国学、漢学、本草学、天文学、地理学、蘭学、朱子学……それらを学んで分かったことは、天が動かす自然の理《ことわり》と人間社会の理とは、まったく関わりがないという結論だった。

「人の世が、他の生きとし生けるものらの世と、絶対的に違うところとは——金である」

定信はそう悟った。金が世を活かしも殺しもする。金が世の血ならば、血の流れをよくしなければ、躰は腐ってしまう。病にも怪我《けが》にも負けてしまう。

だが、同じく、世の中は金だ、と気づいた田沼意次は、経世済民の感覚ではなく、私腹にのみ意識が働いた。定信との違いはそこである。同じ力点でありながら、ベクトルは違う方向に向いたということか。定信は田沼のように独裁ではなく、政策決定はあくまでも幕閣の合議で行った。富の偏在を極力避けようとしたがために奢侈禁止などにも力を入れることになる。

一方で、天明飢饉《ききん》に対して貯穀を奨励し、江戸でも窮民のために七分積金や人足寄場などを作って、人々の暮らしの立て直しをはかった。

そして人の世は金の流れが重要だと思うように至ったのは、たしかに定信自身である。しかし、そう思わせる「鬼《もの》」がいたのは、本人も気づいてはいない。

世の中には、定信のような人物の出現が必要だったわけで、鬼火一族によって、彼を表舞台に立たせただけである。

表の世界が景気がよいときには、闇の世界もまた景気がよいものである。しかし、景気がよ過ぎると、世人は怠惰《たいだ》になる。射幸心のみが生き甲斐となる。とすれば、闇の世界で生きるものの領域に踏み込んで来るものもいる。

ヤドカリとイソギンチャクが共生するためには、いずれもが健全でなければならない。善悪ではない。この世の中が成り立つためには、昼と夜があるように、光と闇が必要なのである。

鬼火一族は、まさに闇の将軍であった。

清澄が十七歳で定信の宿敵……つまり田沼意次を〝鬼火の舞〟で葬った時、大師は笑みも浮かべず、こう言った。

「――どうだ？　おまえの意思で、世の中を変えた気持ちは」

冷ややかな声だった。幼い頃から清澄は、大師からも小師からも、温かな声をかけられたことがない。舞の稽古で完璧なまでの仕上がりでも、「まあまあだ」の一言で終わりである。

母親や乳母などが時折、夕餉を摂りながら、褒《ほ》めてくれることがあったが、人としての優しさを感じなかった。いや、人として……と言うには語弊がある。清澄にとって、人とはすなわち鬼。生まれながらにして、巷《ちまた》に生きる人々の感性とは、まったく異質なものだったに違いない。

松平定信暗殺を命じられた席で、大師に言われたことを、舞いながら思い出した。

「いいか清澄……人は、生まれもった本能が、食の欲と性の欲の他にもう一つある。何か分かるか？」

「――富を得たい欲、いいえ、名誉の欲でしょうか」

「鬼火一族に名誉があるか？」

「では富ですか？」

「鬼火一族には無尽蔵の富がある。日の本の国にある金銀財宝はすべて鬼火一族によって、まかなわれておるであろう？」

たしかに、この国は幕府や藩や豪商によって営まれているが、金山を発見する技術、掘削する技術、錬金する技術……すべては、鬼火一族が支配する、まつろわぬ者たちの手にある。それはただの技術ではない。すべてが鬼火一族の富となっている。つまりは、金に困るということは、ありえないのだ。

「では、どのような欲が？」

と清澄が問いかけると、大師はいつもの鉄面皮で答えた。

「同情よ」

「……同情？」

「さよう。同情する心、それが人の本能なのだ。獣にはない、人だけにある本能じゃ」

「しかし、犬猫でも、子供を可愛がりますが？」

「母性本能とは違う」

大師はかすかに班女《はんじょ》の面のように微笑んで、

「そのようなものは、虫けらにでもある。同情は、赤の他人にでも情けをかける……という本能だ」

「はい……」

「この同情という難儀なものが、世の中を駄目にすることがある。そしてまた、その同情というものを突き崩す極めつきの名刀がないのも、また人の世の真実だ」

――大師はこの私に何を諭《さと》したかったのか……。

だが、たしかなことは、田沼を消して松平定信を表舞台に出したのは鬼火一族。その同じ手で、今度は松平定信を抹殺しようとしている。清澄に戸惑いがないと言えば嘘になる。

やがて――。

鬼火の舞は最後の盛り上がり場に到達してきた。

――松平定信に情をかけて、仕留め損ねるな、とでも言いたかったのであろうか。

清澄は精神を集中して、躰と四本の手足を回し、竜巻のような舞を極めていった。まるで、清澄の演ずる鬼が二体、三体に見える。

小鼓、大鼓、太鼓の連打が激しくなり、笛の音か北風の音か分別ができなくなった。最後の最後、清澄が五尺近く跳ね上がり、檜の板に全身の重みをかけて落ちた時、松平定信の鼓動が止まるのだ。

――今だッ！

屈脚して跳ね上がろうとした寸前である。

鳴子のついた廊下の木戸を開けて、脇正面の方から、裃《かみしも》姿の目付が二人、滑るように定信の前に駆け付けて来た。

「松平様！　一大事でござる！　松平様！」

すでに宙に舞っていた清澄だが、その直前になって、松平定信が昏睡から半ば覚めた。

一瞬の後、清澄の跳躍がダダンと終わった時には、松平定信の意識は二人の目付に流れており、「心の臓破裂の秘技」は泡と消えてしまった。

綸太郎は桟敷の片隅から、その能楽の異様さを改めて感じていた。胃の中から溢《あふ》れてくる、えも言われぬ嫌な苦みを肌で感じていた。

三

「何事じゃ、めでたい舞の席に騒々しい」

松平定信は目付につんと鼻を向けて、眉をひそめたが、五十過ぎの初老には見えぬほど、青年のような清楚な顔だちである。

「そ、それが……」

目付は耳打ちをして、観能の場から素早く退散した。明らかに緊急事態である。しかし、それが何か、同席していた老中若年寄連中も予想だにできなかった。

清澄にとっては、まさに水を差されたわけで、緊張の糸がたるみ、疲労感だけが広がっていた。面をかけたまま、怨《うら》めしげに定信を一瞥《いちべつ》したが、正座をして舞台に座っていた。

「ご一統に申し上げる。八朔のめでたい席ながら、火急の用向きができましたので、これにて失礼致しまする」

主だった幕閣は尋常ではないと感づいたが、まだ清澄の舞楽の余韻にひたっている諸大名や留守居家老たちは、穏やかな顔で定信を見ている。定信はおっとりとした口調で、

「諸大名方々は別室にて、ご慰労をいたしますれば、しばし下城をお控え下さいませ」

と言うと、さすがにざわついた。観能の儀式が終われば、そのまま退散するのが恒例のことだったからだ。大名によっては次の用向きが控えている者もいる。

しかし、ここで、「何故《なにゆえ》でござる」と問いかける者は誰一人いなかった。将軍家祝賀の席だからではない。それほど、松平定信という大人物に、誰もが一目も二目も置いていたからである。尊敬だけではない。八代将軍吉宗の孫である。自《おの》ずと威厳があった。

定信は席を立つと、清澄をほんの一瞬だけギラッと睨みつけると、顎《あご》を突き上げるようにして立ち去った。楽屋に退散せよという合図である。

観能会場は、江戸本丸御殿の多聞櫓《たもんやぐら》のそばにあり、楽屋が将軍側衆や主要幕閣の密談に使われることもあった。

――一体、何があったのだ……。

清澄は不安に駆られた。

――もしや、暗殺の意図がばれたのでは！　……いや、そのようなことは、あるはずがない。鬼火の舞は、丑《うし》の刻《こく》参りと同じような呪術とも言える。それが、ばれるわけが……。

そんな不安めいた清澄の心中を面の上からでも察するように、綸太郎は遠くから凝視していた。町入能に招かれた町人たちは、すぐさま江戸城から出るように命じられた。

何かあったなと綸太郎は不吉な予感すらしたが、この場で、どうにかできる立場ではなかった。心の何処《どこ》かで、

――やはり、あの翁面には、人智では推し量れない何か大きな力があったのかもしれへんな。

そんな思いで、人の流れを見ていた綸太郎に、まっすぐ向かってくる者がいた。身軽な様子から、伊賀《いが》者だと分かる。伊賀者は御家人として雇われてはいるが、城内の警備の他に、掃除だの洗い物など裏方の仕事も多く抱えていた。

「上条綸太郎様でございますね」

その伊賀者は、低い声で耳打ちするように言うと、

「こちらへ……白川様がお待ちでございます」

と手招きをした。どうやら、楽屋に連れて行かれるようだ。

能舞台裏の楽屋の外は厚い壁になっており、御成廊下近く中奥との境にある御用部屋よりも、定信が重要な話をする時に好んで使う場所であった。密談場所は、反対勢力の者に急襲される時がある。万が一の場合は隣接する櫓と櫓を繋ぐ通路から、逃げることができるようになっていた。

「――上条綸太郎殿……」

少し甲高《かんだか》く張りのある声で、松平定信は綸太郎と向かい合って座った。人払いをして他に誰もいない。八朔御礼にあわせて、楽屋の床も張り替えたために、檜の新しい香りが漂っている。

そこに、まさか天下の老中・松平定信が待っていたとは思わず、綸太郎は思わず腰を引いて平伏《へいふく》した。もっとも、町人能に綸太郎を招いたのは定信である。

「挨拶などよい。火急のことだ。城内にいたことは承知しておった。おまえを呼んだのは他でもない」

と控えの間を指すと、そこには、翁面を被ったままの白川清澄がいた。

「清澄殿が、えらい事になった」

翁面が外れないというのである。

今の今まで、松平定信の命を狙っていた能楽師が、当人を前に座っている。もちろん、清澄が命を狙っていたことなど、定信本人も綸太郎も知るよしもない。ただ、

——面が取れぬ。

という言い伝えが、事実であることが、目の前で起こっていたのである。

誰にも丁寧な態度の定信だが、この時ばかりは少々、狼狽《ろうばい》していた。ふだんならば、将軍家能楽並びに舞踊指南の白川流本家の者には、丁寧な言葉遣いをしていたのだが、

「一体、何があったのだッ」

と険《けわ》しい声で問い詰めた。

「上条綸太郎……おまえの父上とは私も何度か会《お》うたことがあるが、かような不思議な能面を見たのは初めてじゃ。のう清澄殿」

「…………」

ついさっきまで殺そうとした相手が目の前にいるのだ。動揺を隠すことは並大抵のことではなかったが、清澄もすでに数人の邪魔者を消しているので、心はまったく揺らいでい

ない。その翁面の奥の瞳を覗き込むように、定信は言った。

「実はな……上様が、人質に取られた」

唐突な言葉に、翁面の髭《ひげ》が微かに揺れた。綸太郎も同じく驚きの目を、定信に向けたが、一瞬、どういう意味か分からなかった。ただ、面が取れないままであることを見て、

「——清澄様……そうやって、面が顔に張りついて、外れなくなる時は……鬼火一族が、何やら画策をしている時だ、と聞いたことがありますが」

と綸太郎は何かを探るように言った。

清澄は一瞬ピクリと肩を動かしたが、その顔は見えない。

鬼火一族——。

松平定信は初めて耳にする名前だった。どういうことかと尋ねようとしたが、微動だにしない翁面と、対峙する綸太郎の間に、氷のように冷たい、それでいて触れれば指が切れてしまうような見えない刃物があるように感じた。

「いかがした……」

無気味な雰囲気に天下の松平定信も戸惑いを隠しきれない。

「あ、いえ……上様が人質などと、そんなバカなことが本当に起こったのですか」

綸太郎は重く澱んだ空気を払うように言った。定信に二人の間に滞る奇妙な感じを気取

らせないためである。

将軍家斉公は能楽は一切鑑賞しないという。公式の催し物の折ですら、大奥か中奥に入ったままだ。女体に触れているのが唯一の楽しみであって、政にはほとんど関心を持っていないからである。

将軍は諸大名や奉行からの謁見が終わると、中奥の御休息之間で儀式の疲れを癒すことになっていた。

中奥には、老中若年寄たちとの面談をする御座之間を中心に、奥右筆《ゆうひつ》詰所や側衆詰所がある。表向きとは別の能舞台もあって、湯殿からじかに行くこともできる、まったく一人で楽しむ空間だった。

「人質と言われても、一体、誰がどうして上様を！」

綸太郎は愚《おろ》かな問いかけをしたようであった。どうやら、賊は誰だか、およその見当はついているようだったが、定信も口には出さず、頭をたれて腕を組んでいるばかりであった。

「賊は、大奥の御用部屋に上様を連れ込んだままで、顔すら見せないのだ」

「大奥の……」

将軍の御用部屋は、その昔は御座之間上段に隣接していたが、物騒な事件が続いて、大奥に移った。中奥には『楓《かえで》ノ間』と呼ばれている執務室があるが、それと同じような『蔦《つた》ノ間』があり、寝室の奥に四畳半の隠し部屋があった。

そこが御用部屋で、重要な機密書類を入れた御用簞笥《だんす》の他は何もなく、小姓頭すら通されない場所であり、定信といえどもめったなことでは入れなかった。

「そんな所へ、誰がどうやって……で、要求は何なのです?」

と綸太郎が尋ねると、定信はずばり言った。

「御用蔵の千両箱、全て、らしい」

「これはおかしなことですな。御用蔵は盗みを警戒して、重い二千両箱となっておると聞いたことがあります。それが、どれほどあるかは知りまへんが、全てなどと……第一、運び出せるわけがあらしまへん」

「いや。上様を人質に取られておるのだ。登城しておる大名駕籠に入れて持ち出せば、難しいことではあるまい」

それで、賊は、祝賀の日を選んだのか……綸太郎はそう思ったが釈然としない疑念が、津波のように襲ってきた。

四

――そもそも、そのような重要な事態を、幕閣の重職に諮《はか》らず、なぜ自分に話して聞かせたのか。

と綸太郎は怪訝《けげん》に思った。

清澄は能楽師である。非公式とはいえ、将軍の護衛官の役目もあるから分からぬでもない。が、幕府の番方でもない二人に、かような大事件を解決できるとでも思っているのだろうか。

――将軍が万一の場合は、誰かが継げばよい。

それが鬼火一族の考えであり、将軍とはそういうものだ。徳川が続けばそれでよいのであり、現将軍の生き死には、戦国の世ならともかく、太平の世においては意味のないことであった。

とはいえ、己が守るべき将軍を賊ごときに殺されたとあっては、徳川家からどのような責めを受けるやもしれぬ。しかも、家斉には子供が数え切れないほどいる。今、将軍に死なれては継嗣《けいし》問題で混乱するのは必至である。

清澄の心に緊張が蘇《よみがえ》った。

――松平定信を消せ。殺してしまえ。

大師の嗄《しわが》れ声が一瞬だけ浮かんで消えた。

殺そうと思えばすぐにでも殺せる。

清澄の金彩舞扇の骨には、畳針が仕込まれているのだ。手を伸ばせば、定信の喉元だ。

しかし清澄は、鬼火の舞でし損じたからといって、凶器に委《ゆだ》ねる気はなかった。凶器を使えば、いずれ白日のもとに、死因が晒《さら》される。

定信殺しは暗殺であってはならぬ。自害や事故などの不審死でも困る。心の臓の発作が最もよい。寿命として葬ることができるからだ。

――それに……将軍人質が事実ならば、事態は急を要する。定信をおいて他に、危難を脱することができる幕閣がいようか。

そう思うと、直《ただ》ちに消せなかった。将軍の身の安全を確保してからでもよいのだ。

そんな考えを巡らせたことを、松平定信はすべて承知しているかのように、綸太郎に膝を向けて、

「その賊が、誰であるか……さっき鬼火一族がどうのこうのと言うておったが……それを、判明させることで、清澄の能面も取れるというもの。もし、またぞろ世を混乱させる

だけのものであれば、その面は一生取れまい」

　と定信こそ、能面のような顔で不気味に笑った。やはり、世間で言われているような清廉潔白の人格者とは違う顔である。

「しかし、御老中。私は何と申してよいかわかりまへんが……すぐにでも、幕閣を集めて話すべきことではありまへんか？」

「そうすべきことなら、とうにやっておる」

　将軍が身動きできない今、名実ともに幕府最高の決定機関であるが、腑抜《ふぬ》けな幕閣に考えを聞くだけ、時の無駄だとでも言うのだろうか。

「むろん、幕閣に諮る。しかし、その前に、賊に対して何か手を打っておかねばならぬのだ。時を稼ぐためにな」

　と定信は綸太郎に言った。

「賊はどう言うてるのです？」

「四半刻の後までに、蓮池《はすいけ》の御金蔵の鍵を、開けておけというのが要求なのだ」

　江戸城内には、奥御金蔵と蓮池御金蔵と二つあった。日用の出納に使われるのは蓮池の方で、小判だけでも二百万両近く保管されていた。

「御用蔵の鍵を開けたとして、一体、賊の誰が、それを確かめるのでっしゃろ。大奥からは見えるのですか？」

　と綸太郎が首を傾《かし》げると、

「仲間がいる、ということだ。しかも、この城の中にな。大奥まで踏み込んだのだ。ただ者ではあるまい」

「そういえば……今日の八朔御礼の日は、大名や旗本だけではのうて、公儀御用達商人たち町人も城内に入り、吹上《ふきあげ》御庭を回遊できることになっています。まさか、その連中に混じって……」

「いや。少なくとも、中奥まで来ることのできる者だからこそ、大奥の御用部屋に乗り込めたのだ。つまりは……」

　定信は言いかけて口を閉じたが、明らかに、祝賀に駆けつけて来た大名か幕閣の中に、首謀者がいると睨んでいた。だからこそ、幕閣に話を漏らしたくないのかもしれない。

「御老中は如何《いかが》なさりたいのですか？」

「…………」

「御用の間に籠城しているということは、上様を捕らえている賊は多くとも数人。御錠口から大番方の強者《つわもの》どもを乗り込ませれば、一挙に片がつくのと違いますか」

　綸太郎はまるで城内のことを熟知しているように言った。もちろん江戸城内に来たのは初めてではない。また、父親の雅泉からは江戸城に限らず、色々な城の中のことを聞かされていた。希代の刀剣目利きとして、各地の大名に招かれたことは二度や三度ではないからである。

定信は吐息で頷いて、

「番方がやれば、おまえの言うとおり、一気に片がつくであろう。ただし、上様の命が落ちてもよいのであればな」

「よくないのですか？」

とロを挟んだのは、翁面の清澄だった。面のせいで、くぐもった声だ。

「当たり前であろう」

定信は憤然と鼻先を膨らませた。すると、翁面のまま、清澄は続けた。

「これは、老中首座の言葉とは思えませぬ。自分のお子様を殺された時ですら、平然といつも通り業務をなされた。それほどの氷の心の持ち主だと聞きましたが。表向きは、どうであれ……」

「あれは病死だ。田沼意次と一緒にするでない」

田沼意次は明らかに異常であった。意次の嫡男意知《おきとも》は、天明《てんめい》四年三月、旗本の佐野政言《さのまさこと》によって、城内の桔梗《ききょう》ノ間近くで突然斬られた。失血がひどく、手厚く介護されたがその傷がもとで、意知は死んだ。

当時、意知は若年寄の職にあった。佐野は切腹を命じられたが、世間からは世直し大明神ともてはやされた。いかに、田沼親子の権勢が嫌われていたかの証拠である。それでも田沼は、我関せずと賄賂《まいない》政治を続けていた。

在職中に百万両も貯め込んだと言われるほどだ。だが、

「その金を私しているわけではない。この金で、御三家や大奥をはじめ、諸藩や旗本、御家人がいかに潤ったか、誰も分かっておらぬ」

というのが、田沼の口癖だった。八代将軍の孫、定信とは従兄弟《いとこ》にあたる一橋治済ですら、田沼から贈答ばかり受けていたという。賄賂もまた必要なのだということを、清澄は知っていた。

だが、松平定信は、命よりも金が大事と公言した田沼とは違う。天下泰平の政が滞《とどこお》らぬことが一番の定信とはいえ、

——本来ならば、家斉ではなく、自分が将軍の座にあったはずだ。

その家斉の身を案じることが、清澄には意外だったのである。

もっとも、治済の陰謀によって、白河藩主として中央から追い出された定信が、家斉によって、幕府に呼び戻されたのは事実だ。だからこそ、今の地位にある。

その恩義なのか、それとも人質に取られたことへの単なる同情からか。もちろん、将軍を死なせてしまっては、定信にとっても汚点であり、政治生命は終わるであろう。

「なんとしても極秘に、しかも、素早く事を収めたいのだ」

定信は神経質そうな顔に変わった。清澄の能楽と同じで、次々と面が変わる……そんな面立ちだった。

「清澄。おぬしも分かっておろう」

「何がでございます」

「上様が政にはまったく見向きもせず、大奥で性欲にばかり走り、たまに碁や将棋、謡《うたい》や舞にうつつを抜かしているのを。もちろん、吉宗公のお血筋であらせられるゆえ、学識豊かで英明であることは間違いないのだが、覇気がない……しかも跡継ぎを決めておらぬのでは、この先の徳川が思いやられる」

「私にどうしろと？」

「おぬしは上様に最も信頼されている。このわしよりもな」

定信はもとより将軍とて、清澄の正体を知らない。いつか牙を剝く鬼火一族の者だということを。

「清澄。おぬしなら、大奥と中奥を熟知しているはず。そして……能楽師ではなく、将軍護衛として、上様を無傷とは言わぬ、賊から救い出してくれぬか。そこな上条綸太郎と力を合わせてな」

「…………」

「翁面が取れぬはこれ幸い。誰がどうして、大奥に忍び込んだかが、バレずにすむというもの」

たしかに清澄は城内の構造を熟知していた。そもそも家康の江戸入府後、三代にかかって江戸城を普請した大棟梁《とうりよう》の甲良《こうら》、丙内《へいのうち》家は鬼火一族だし、縄張り、つまり設計をした藤堂高虎《とうどうたかとら》もまた一族とつながっていた。

慶長《けいちよう》年間に建築された五層六重の天守閣は、明暦《めいれき》三年の大火で炎上して以来、再建されていない。とはいえ、三十万坪を超える敷地の中に、どれだけの敵がいるかも分からないのに、賊に屈せず将軍を救えというのは、余りにも無謀だ。

ここは賊の言うとおりにするべきである。御用蔵から、どのような手だてで金を盗み出すのか、そして、立て籠もった将軍御用部屋から、どうやって逃げるのか。

「そのお手並みを拝見しようではありませぬか」

清澄はそう言ったが、定信は、

「八朔御礼に参上している幕閣はもとより、御三家、諸大名を理由なしに、二日や三日、この千代田《ちよだ》の城に留めておくことは、わしの裁量でできる。賊との交渉も、わしが引き延ばそう。できる限り早く、上様の身を取り戻して貰いたい。それくらいの鍛錬は、清澄も受けておろう?」

と鋭い眼になって、清澄の瞳を睨《にら》み据えた。まるで、清澄の本当の正体を知っているかのように。

――ここで、ひと思いに定信を消すか……それとも、上様を救うのが先か……。

清澄の脳裏に激しい雷光が交錯したが、

「分かりました。私のできる限りのことは致しましょう」

と頷いたが、釈然としないのは綸太郎だった。

「お待ち下さい。どうして、私までもが……」

「これは異なことを……」

と定信は、綸太郎にギラリと鋭い眼を向けた。

「咲花堂といえば、本阿弥家の係累……いや、その一族にあって、特別な任務があったことは承知しておろう。足利の世……いや、それより前から、能楽の白川一族と刀剣目利きの本阿弥一族は、世を操る傀儡師も同じ……分かっておろう、分かって……」

と定信は不気味な微笑を洩らした。

五

中奥から大奥へ行くには、上下二つの御鈴廊下しかない。

そのいずれもの杉戸も厳重に閉じられ、中奥側には小納戸《こなんど》奥之番が、大奥側には錠口役の女中が控えているはずであった。

綸太郎と清澄は、まず御休息之間に近い上ノ御錠口に来た。中奥側には奥之番が数人控えていたが、大奥側には女中はおらず、野太い男の声で、

「少しでも開ければ、上様のお命はない」

と返って来るばかりであった。

御座之間の側の下ノ御錠口も同じ状態だ。将軍の親衛隊である書院番組《しょいんばんぐみ》と小姓組《こしょうぐみ》が武具を備えて、御錠口を睨んでいたが、中の様子が一切分からない上は、乗り込むことはできない。

奥女中の声は全く聞こえない。銅でできた扉によって、大奥と隔てているせいもあるが、恐らく、侵入して来た賊のせいで身動きできないのであろう。

もちろん、大奥女中も武芸の鍛錬はしているが、太平の世の中で、しかも殿中に将軍を

人質に取る者が来るとは思ってもいない。まさしく寝耳に水の事態に、幾ら千人の女御がいようとも、手出しはできないであろう。

大奥は将軍以外は入れないが、御広敷《おひろしき》に詰めている伊賀者など役人が数十人いる。それとて同じ状況なのだろう。敵が何人いるのか、将軍がどのような状態なのか、綸太郎らには知るよしがなかった。

——だが、大奥へ入る手はある。

清澄は将軍すら知らされていない秘密の通路を知っていた。

三代家光《いえみつ》の時世に作られたものである。その通路を知っているものは、清澄の他に、御庭番の川村《かわむら》家、明楽《あけら》家、村垣《むらがき》家、梶尾《かじお》家の当主しかいない。川村は御庭番筆頭。以下の三家からは、いずれも勘定奉行が輩出されている。

御庭番は八代吉宗が、紀州から連れて来た薬込役《やくごめやく》を幕臣にして、将軍直属の隠密にした。老中以下の幕府の支配からは独立した存在で、将軍以外の者から指示を受けることはなかった。たとえ老中若年寄といえども、命令できなかったのである。

ただし、老中首座と側用人だけは、将軍の代理で動かすことができた。つまり、——松平定信は御庭番に対しても、上様を救い出す策を命じている。

ということだ。

秘密の通路はあるが、大きな問題がある。大奥から外へは出られるが、外からは中へ入れない。

――まさか、その秘密の通路を通って、賊が押し入ったとは思えない……。

城内の役人に命じないとできない仕掛けがあるからだ。

難しいが、それを逆に向かうしかない。

清澄は一旦《いったん》、半蔵門《はんぞうもん》に出ることにした。そこに、大奥への通路があるのだ。

もっとも、下から上に登らねばならない。しかも、下水の道を這《は》うようにして登らなければならないのだ。

半蔵門に下るには、幾重もの門を通らなくてはならない。どの役人も、いつもと変わらぬ様子で働いている。ただ違うのは、諸大名が登城中ということで、坊主姿が多いのと、式典係の目付が慌ただしく出入りしていることくらいだ。

定信が命じて、城内の門をほとんど閉めることになったと、茶坊主の話声が聞こえた。

――えらいことになった……。

閉門の刻限でもないのに、城門を閉めるということは、緊急事態だと知らしめるも同然である。

今日のような祝賀日には、下馬所となっている大手門、内桜田門《うちさくらだ》、和田倉門《わだくら》、馬場先《ばばさき》門などが開かれ、大名の家来でごった返していた。

登城した主人たちが戻らぬまま閉門となると、何か異変があったに違いないと大騒ぎになるのは当然だった。

「なんだ」「何があったのだ」「きちんと説明なされよ」

などという混乱ぶりが、綸太郎の耳にも届いてきそうだった。

本丸の玄関前にある中 雀《ちゅうじゃく》門、中之門、大手三之門などに詰めている書院番与力、同心、鉄砲百人組などが、戦闘に備えるように集結しはじめた。

だが、敵は城内にいるのである。外に向けて闘う態勢は万全だというものの、城の中に潜んだ敵には無力に近い。門を閉じるのも、せいぜい賊を逃がさない配慮でしかない。

城門は、大門六門をはじめ、二ノ曲輪《くるわ》、外曲輪などに、九十二もあった。その全てが見附、つまり見張場となっている。

すっかり門を閉じてしまえば、城は、鉄の甲羅に覆《おお》われた亀のようなものだ。何が起ころうと揺るぎない城塞となる。

しかも、枡形《ますがた》門なので、大勢で乗り込んで来ることができない。だが、中からはその姿が丸見えなので、少人数で背後から攻められたとしたら、却《かえ》って危険だ。中から敵が来ることは想定していない。籠城のための技術だからだ。

——だが、今、敵は中にいる……。

清澄はそう思いながら、半蔵門に急いだ。

綸太郎は懸命に付いて行くだけで大変なことであった。

「物凄い健脚ですな。やはり只者ではない」

綸太郎が思わず清澄の背中に声をかけると、翁面のまま振り返って、

「つべこべ言わずに早く来い。でないと置いて行くぞ」

と吐き捨てるように言った。その異様な顔に急かされるように、足を速めたが、少しずつ間が空いていく。綸太郎は歩幅を広げて追いながら、

「白川能の役者が将軍の護衛役だということは、私も祖父や父から聞いておりましたが、こんな使命まであるとは、大変ですなあ」

もちろん徳川将軍家だけではない。足利将軍の治世からのことである。

清澄は何も返事をしなかったが、綸太郎は勝手に続けて、

「それにしても、命を賭けねばならぬことですか」

「…………」

「生まれながらにして、将軍護衛の役目があるとはいえ、本業は能楽のはず。それは表向きのこと。そうおっしゃるかもしれまへんが、命まで投げ出すとは余程、仕込まれはった

んですな」

ほんの一瞬だけ立ち止まった清澄は、すぐさま角を曲がって、素早く駆け出した。綸太郎もそれを追って、

「私もあなたと同じようなものや。なんの因果で、こんな家に生まれたのかと時々、胸が苦しゅうなります」

上条家もまた、本阿弥家と繋がる、得体の知れぬ闇の世界と関わりが深いからである。政の変遷に少なからず影響をしてきたのだ。その妖しげな血脈を受け継ぐ者として、綸太郎はどこか清澄に共感を覚えていた。

「つまらぬことを言うなッ。おまえに何が分かる」

清澄は能面のまま、振り向きもせず、突っ走った。

本丸から所定の門を通るとなると、半蔵門まで半刻は費やすことになる。しかし、能楽堂の楽屋から抜け出し、多聞櫓を渡り歩き、吹上御庭を急ぐとすぐだ。

綸太郎と清澄が半蔵門の内側まで辿り着くと、真っ赤な夕陽が城壁を染めていた。清澄にとっても、何年も城内に来ていて、見たことのない場所だった。不浄門という異名があるのは、城中で死んだ者を運び出す門だからだ。

番兵の伊賀者たちは、翁面の清澄を見て怪訝な顔をしたが、裃の忍冬《すいかずら》の家紋を見て

深々と一礼した。将軍家能楽指南役だと知っているからだ。綸太郎はその横で、弟子のふりをして通った。

「面を取って見せられよ」

と番兵が不審に思って言わなかったということは、松平定信から、すでに伝令が来ているのか。いや、これは密命のはずだ。

——油断してはならぬ。

これすら、罠《わな》かもしれない、と清澄は思った。

綸太郎はとんでもないことに巻き込まれてしまった、観能になど来るのではなかったと後込《しりご》みしたくなった。

しかし、賊は大奥に直接侵入したのだ。

敵は身近にいるかもしれない。伊賀者とて、徳川に牙を抜かれた狼も同然だ。松平定信が老中首座になったとはいえ、自分たちの待遇が良くなったわけではない。むしろ、伊賀者は冷遇されていた。将軍に恨みを抱いて、御用金をごっそり戴こうと考えても不思議ではない。

——とにかく、己以外の全てが敵と思え。

それが大師から教わった最大の防御策であった。清澄は、綸太郎すらも、心から信じてはいなかった。

「何処に参られますか」

伊賀者は丁重に頭を下げて訊いた。

白川家の屋敷は、虎ノ門の外にあったから、半蔵門から退出することはない。もっとも半蔵門は常に閉められた門だから、ここへ来る者は怪しまれて然《しか》るべきなのだ。

「芦刈《あしかり》」

清澄はそう言った。

伊賀者は一瞬呆気《あっけ》に取られていた。

芦刈――に意味はない、清澄の得意の舞の名であり、わざと合い言葉のようにハッタリをかませたのである。

「無礼者ッ。芦刈が分からぬとは……さては、おまえはどこぞの間者か。御老中・松平定信様より伝令があったであろう。千代田城内の門は全て閉じよとな」

「ハッ」

なぜ閉じるかとは詮索しない。上から言われたままにするのが、規則なのである。

「おぬしの失態、上様にも定信様にも黙っておいてやる」

「は、はい……」

伊賀者は冷や汗を拭った。

「では、私の言うとおりにするがよい。半蔵門の門柱そばに井戸があろう。その横に水道杭がある。それは南北になっておるが、東西に回せとのお達しじゃ」

伊賀者は何も疑わず、清澄に言われたとおりにした。

——まずは、うまく行った。

と綸太郎も安堵《あんど》した。

しかし、このように容易に従う伊賀者を見ると、八朔の騒ぎに乗じて、不逞《ふてい》の輩《やから》が忍び込んで来ても不思議ではないと思った。

半蔵門の下で、玉川《たまがわ》上水から江戸城に水道が引かれている。

江戸は海の上にあるようなもので、井戸を掘っても塩水が含まれていた。だから、玉川上水や神田《かんだ》上水などから引いた水道が、江戸中の地中に網のように張り巡らされていた。

江戸城に引き込まれる水の流れを変えて、別の水道に流すのである。本丸大奥に流れるはずの水流は、西の丸のみに流れるようになる。

そのために、やがて水道の水位は低くなった。

そして現れたのが、抜け穴なのである。

本来、江戸城が攻め落とされ、将軍に万一のことがあれば、本丸から、外に抜け出し、そのまま四谷大木戸の水門まで辿り着くことができる逃げ道であった。

「まさか、それを逆に行くことになろうとはな」

清澄が吐息混じりで言うのを、綸太郎は黙って聞いて付いて行くしかなかった。腰の小太刀・阿蘇の螢丸ですら邪魔に感じた。

この水道は、もちろん限られた人間しか知らない。清澄も通ったことなどない。水道は、二間ほど地中にあり、井戸から入ることができる。

常に水が流れているため、多少のぬめりはあるものの、藻や黴《かび》はあまり生えていなかった。龕灯《がんどう》の灯りの先には、冷たい水滴がしたたる空洞が、果てしなく続いている。石樋という水道管は幅が四尺、高さが五尺ほど。少し屈《かが》めば、大人でも悠々と通れる広さである。

側面の石壁には、半蔵門からの距離を示す楔《くさび》形の印が、四間ごとに刻まれている。それを確かめながら、ひたすら歩く。滑るので足早には進めない。だが、少しでも早く行かなければ、と清澄は焦った。綸太郎は黙って付いて行くしかなかった。

賊の要求は四半刻後だ。その刻限はもうとうに過ぎている。

——定信はうまく交渉を引き延ばしているのであろうな。もし、そうでなかったら……この闇の中にいる間に、上様が殺されたとあっては……。

この上水道は、道灌《どうかん》堀の下の地中をくぐっている。一旦、緩やかな下り階段になって、さらに蓮池堀の下を抜けて、大奥の下に至る。

大奥からは、この上水道を汲《く》み上げるのに、十五間もの深さの井戸を掘らなければならない。本丸自体が盛山に築城されているからである。

その井戸を登って行けば、天守台そばの金明水井戸から出られる。が、そこに出たところで、大奥へ入るのは難しい。

清澄の記憶によれば、梯子段を登っていく途中に、斜め下に細い通路が抜けている。雨水などで増水して、水路が溢れたときに、水位を上げるのを避けるための工夫で、大奥の下水と繋がっており、そこから三日月堀へと流れ出るようになっている。

「とにかく、そこまで行かなければ……」

清澄がそう言って、後から来る綸太郎を振り返った時である。

地鳴りのような音が頭上からした。爆音とも聞こえるし、瀑布《ばくふ》の水音にも聞こえる。

「水だ……！」

明らかに激流の音だ。背中から聞こえてくる。

「まさか……！　半蔵門の水道杭を元に戻されたんじゃ!?　急げ、綸太郎！」

清澄は後ろを振り返ることなく、懸命に先に走った。腰を屈めた姿勢では思うように足が運べない。やや下っているので、勢いがつきすぎて、たたらを踏んで転倒し、膝を強く打ってしまった。

綸太郎もぬめる水路の底に足を滑らせながら必死に前に進もうとしたが、かざしていた龕灯が飛び転がり、一瞬にして、真っ暗な闇になった。

ゴウ、ゴウ、ゴゴゴゴオ――――！

まるで津波が迫って来るようだ。

「急げ、急げえ！」

膝の痛みなど構っていられない。ひたすら前に向かって走るしかない。水に飲み込まれたら最後、そのまま流されて、町屋の〝ためます〟という井戸で土左衛門となって浮かぶだけだ。

綸太郎は闇には慣れていた。猫ではないが、わずかな明かりでも、身動きできる鍛錬は受けていた。それが目利きという者の特異な能力でもある。

だが、地中の水路には螢ほどの光もない。漆黒の闇とはこういうものか……綸太郎はそう思う暇《ひま》もないほど必死に水から逃げた。

激流の音に混じって、ワーンと石が共鳴するような音が、闇の中で響く。

「井戸は近いぞッ」

清澄がそう叫ぶと、共鳴音に向かって走った。綸太郎は何度か石壁に激突し、額もしたたか打ちつけた。だが、立ち止まるわけにはいかない。懸命に手を前に伸ばしながら、突っ走る。

共鳴音が激しく高鳴った。

「ここだ、ここだ！」

上に伸ばした清澄の手が何かに触れたようだった。それは錯覚で空洞だった。

清澄は跳ね上がったが、掌にはひんやりした石の壁が触れるだけだ。掴むところがない。井戸の遙か上から微かな光が漏れている。

救いの光明だ、と思ったのは一瞬のことであった。

背後から、轟音とともに、激突して来た水の固まりに、綸太郎と清澄はあっという間に飲み込まれそうになった。

「しっかりしろ！」

綸太郎はとっさに清澄の腕を掴んだ。

「大丈夫か、清澄！　手を放すなよ！」

思わぬ助太刀に戸惑ったのは清澄の方であった。己の命が危険に晒されているにもかかわらず、人の身を心配しているからだ。

「このままでは二人共ダメだ。綸太郎、手を放せ」

「あかん！　もっと力を入れて！　諦めたら、あかん！」

綸太郎は手を強く握りしめようとしたが、ふっと清澄の指先がするりと抜ける気がした。

同時、ガッンと何かが頸椎《けいつい》あたりを打ち、水圧で吹き上げられた。渦潮に巻き込まれたように翻弄《ほんろう》され、己の躰が何処にあるのかさえ分からなかった。

口からも鼻からも重い水が激しく浸入してきて、息ができない。もがいているうちに、何度も井戸の石壁に叩き付けられ、綸太郎の気はかすみ、遠くなっていった。

怒濤《どとう》の水流だけが、綸太郎の感覚に突き刺さっていた。

六

辰《たつ》ノ口《くち》評定所では、松平定信と腹心の幕閣・松平伊豆守信明《いずのかみのぶあきら》、そして、御三卿の一橋治済がひそかに話をしていた。

信明は、三代将軍の治世の松平伊豆守を捩《もじ》って、「知恵小伊豆」と呼ばれていた、寛政の改革にはなくてはならない人材だった。

評定所とは、裁判のみならず、政策の審議や決定を行う幕府の最高機関だが、定信が三人だけの密談場所に選んだのにはわけがある。

大奥の将軍御用部屋に侵入した賊との交渉をしていた定信は、仲間が中奥にも点在していると察知した。それゆえ、城内の一切の門を閉めたわけだが、評定所へは道三《どうさん》堀を小舟を使って行くことができる。

しかも、すぐ側の数寄屋《すきや》橋、鍛冶《かじ》橋、常磐《ときわ》橋辺りには町奉行所をはじめ重要な役所が集まっているから、万が一の時はそこまで逃げ出すことが可能だからだ。定信の屋敷が神田橋御門内にあるのを、賊は知っているであろうから、めくらましにもなる。

「治済様に折り入って話がありまする」

「うむ……」

治済は同じ吉宗の孫にあたる人物である。定信とは違った育ちのよさを漂わせていたが、その眼光の奥には野心が窺《うかが》える。

一橋家当主として幕政に首を突っ込みたがる権力志向の男で、将軍の実父として〝大御所政治〟もどきを執《と》り行いたい野心があるが、常に定信に牽制《けんせい》されていた。

「何が起こっているかは申し上げられませぬが……上様のお命が危ういということだけ、お伝え致します」

「…………」

治済はほんの少しだけ眉を動かしたが、定信の密談の意味を察して、黙って頷いた。

一橋家には、松平定信の甥《おい》である意致《おきむね》が家老として仕えていた。定信の実弟も叔父《おじ》も一橋家に仕えていたから、あうんの呼吸で、定信の言いたいことが分かる。いや、これとて、

――治済の〃独裁〃を見張るがため。

の定信の配慮であった。

「で？　定信殿、わけは知らぬが、上様の危難とやら、如何いたす？」

鼻筋の通った治済の面立ちが、かすかに火照《ほて》った。定信は無表情の奥に、まさに白川一族の能面のような情念を垣間見たような気がした。

「申し上げましょう。豊千代《とよちよ》君を、上様の後継者として推挙しとうございます」

豊千代とは、治済の孫で、将軍家斉の幼名と同じであった。それほど治済が可愛がっていたのである。

吉宗公から見ても、最も血筋の近い将軍継嗣者である。家斉が万が一の時には、豊千代に将軍の座に就かせることを、内諾させようというのだ。

治済としては、今まで、不満ばかりであった。

その昔、定信が白河藩主になったからには、あわよくば、自分が将軍の座に就けるはずであった。だが、その実現は叶わず、自分の息子を将軍にしたのだが、あまりにも孫が多すぎる。自分を毛嫌いする者が引き継ぐと、己が思うがままの政ができぬと計算しているのだ。

そんな野望を見抜いていた定信は、

「ご老体。もう、さような権力はあなたには必要ありますまい。ここらで、ご隠居なさればよろしいのではありませぬか」

と勧めたが、黙って聞く治済でないことは、誰もが承知していた。

「上様に万が一のことがあれば、それこそ、幕閣が評議して決めまする。幕府のしきたりでは、やはり御長男がなるべきだと思われますが」

「さような時代ではない。ただ血統を重んずるのではなく、まことに将軍に相応しい英明な人物をその座に据えるべきだ。豊千代君では駄目でござるかな?」

治済の理屈は立派であったが、とどのつまりは自分の息の掛かった者が最高権力者であり続けて欲しいのだ。

しきりに、豊千代を推挙するのは、

——もはや家斉はダメだ。

と思っているからかもしれない。幕閣連中にそっぽを向かれてしまっては、いつどのような陰謀を張り巡らされて、将軍の座から引きずり下ろされるかもしれない。

そうなれば、実父の治済にとっても決定的な事態で、二度と権勢をふるえない所へ追いやられるに違いあるまい。それを恐れているのだ。

「しかし、まあ……治済殿の言い分も一理ありまする。まさに、血統よりも、個人の能力でござろう」

と飄然《ひょうぜん》とした甲高い、しかし押しのある声で定信が言った。それは、英明の誉《ほま》れ高かった松平定信自身が、将軍の座から遠い所へ追いやられたことへの皮肉でもあった。

しかし治済は、敢《あ》えて、それには触れず、

「能力のある者を将軍に就かせる。それは当然の采配でござろう」

と同調するように答えた。

老中首座の松平定信が、後に老中筆頭になる松平伊豆守を同席の上で、豊千代を次代将軍にするという密約は、ここに成立したのである。そのことに、老境に入った治済は満足したのか、安堵したように笑って、

「――ときに定信殿。家斉様の危難とは？」

あえて上様と呼ばぬのは、自分の息子だと誇張したいがためである。

「いや、幾ら、実の父の治済殿でも……いや、だからこそ、言わぬほうがよろしいでしょう」

と定信は金扇を揺らしながら言った。

「ただ……徳川をよく思っていない者の仕業……とだけ言っておきましょう」

「誰か知っておるのか？」

「さて……」

「もしや、元御庭番の……」

と言いかけた治済の口を止めるように指を立てた。元御庭番の中には、その後の処遇をめぐって、伊賀者と同じように不平不満を抱いている者がいることは、治済も承知していた。

「壁に耳あり、障子に目ありでございます」

と定信は鋭い目になって、繰り返した。

「さようか、しかし定信殿……」

「いいえ。もし、今、治済殿が知れば、万が一の場合、あなたが切腹をして責任を取らねばならぬ事態ですぞ」

「どういうことですかな？」

「それを身共は、私一人の命に代えて、この危難を脱しようとしているのです。上様が無事だろうが、そうでなかろうが、私は生きていない。だからこそ今、次の将軍を決めておきたかったのです。それとも……何か異論が？」

定信一流のハッタリだった。子供の頃は大人しく、おっとりしていたが、色々な陰謀に巻き込まれていくうちに、自らを守るためには喋ることも大切だと分かったのである。閣議の折でも、反対者には話す機会を与えないで、一方的にまくし立てる。そして、相手の意見を聞くだけ聞いて、

「なるほど……私とは相容《あいい》れませぬな」

の一言で、役職を解くのである。強引であることは、誰の目にも明らかであったが、将軍さえも牛耳《ぎゅうじ》っているから、必要以上に誰も責めなかった。

家斉に仕えている定信であるが、心の奥では仕えたとは思っていない。己が、将軍をうまく盛り立ててやったと自負している。

事実、家斉は世に言われるような、大奥好きの愚昧な将軍ではなかった。

家斉は、天才的な吉宗の孫として、わざと愚鈍を装っていたのである。

なぜならば、将軍は御輿《みこし》である。御輿が口をあれこれ出すと、角が立ち、それだけで恨みを買うことがある。せっかく築き上げた家臣との信頼関係を維持するには、家臣同士の

結束が必要である。

上が少々愚鈍な者の方が、家臣の結びつきが堅くなるものだし、逆に、もし獅子身中の虫がおれば、ついボロが出やすくなる。定信はその心理を利用して、家斉に一歩引かせたのである。その時も、

「悪者になるのは、私一人で結構でございます」

と家斉を説得したのだった。

だが、本当は利口な家斉は、祖父吉宗の遺業を書き残しただけではなく、徳川家史にも筆を染めた。事実、家斉の後半生は、前半生とは別人のように学問に励み、政にも関わっている。おそらく、父親の治済から、一人立ちしたいという気持ちが強かったのであろう。

それまでの農本位から金本位の政策に大きく転換したのは、家斉の理解があってのことである。それまでの徳川家は吉宗といえども、天下国家に何か危機があれば、徳川の私財にて賄《まかな》おうとした。だが、「国家予算」という概念をもって、予算立案という具体的な施政をしたのは田沼意次だったが、それを発展させたのは、松平定信だと言っても間違いではない。

そのことを、幕閣連中も一橋治済も知り尽くしていたから、徳川の未来を彼に託してい

たのである。

「なにはともあれ……上様の身に何も起こらぬよう、祈っておりまする」

定信は、三人の密約書を手に、評定所から立ち去った。

そして、御庭番を伴わせて、一橋治済と松平伊豆守の二人を、掘割から道三橋まで送り、密《ひそ》かに屋敷まで送り届けた。

七

汚水の臭いで、綸太郎は正気に戻った。

日頃の剣術鍛錬不足であろうか、体中が痛く、鉛のように体が重かった。水道の石壁の隙間に指を立てて、躰が転落するのを支えているのがやっとだった。

井戸から脇に伸びているのは、増水した時に水を迂回させる石管《せっかん》だ。その管の中である。管といっても、人が這いつくばって進むことくらいはできる。さっきの鉄砲水が綸太郎を押し上げたようだが、運が良かっただけかもしれない。

「白川清澄はどうなったのだ……鉄砲水みたいなのに流されたが、一体……」

そう心配したとき、またいつ、さっきのような水が流れて来るやもしれぬ。

「おう、気づいたか」

と、数間先の闇の中から声が飛んできた。既に清澄は気を取り戻して、行手を探っていたようだ。まだ翁面はついたままである。

「厄介なことに巻き込まれてしまった……帰り道はないのか」

綸太郎はつい弱音を吐くと、翁面は無気味に笑ったままで、

「すまぬ。おまえのお陰で助かった」

とだけ小さくくぐもった声で言って、ゆっくりと先に進み始めた。

どうやら戻り道はないようだ。

迂回水道管は緩やかに下り、やがて大きな角筒に突き当たった。

上水道から流れ出ても、こちらから上水道に逆流することは決してない。そのようなカラクリで、排水溝を江戸城の地中に張り巡らせている技術も又、鬼火一族の古来からの知恵であろうか。

平城京の側溝も雨水や汚水が、上水と混濁しないように、特殊な細工がされてあった。それを地中で構築するのは難しかっただろうが、効果は十分であった。

炊事や洗濯をして汚れた水を流す石樋だから、ぬめりがひどく、ぬかに汚物が混じったような臭いが淀んでおり、登って行くには滑り止めの樹液などが必要だった。

しかし、指先を這わせていると、杭のように出っ張った石が摑めた。明らかに足場である。この道もまた、抜け穴として利用できるよう造られていたのであろう。ぬめっているが、慎重に躰の重みを移動させれば、上に登ることができた。

気を付けなければならないのは、落下したら、そのまま汚濁した水とともに、濠まで流し出されるということである。それまで息が続くとは思えない。危険が去っていないことは、さっきの上水道と同じであった。

——それにしても……誰が、どうして、水道杭を動かしたのだろう。

綸太郎と清澄の命を狙ったのは明白だ。

それもいずれ分かるであろう。しかし、御用部屋に辿り着いたとしても、しかし、御用部屋に辿り着いたとしても、相手が何人いるか分からないし、将軍を確実に逃がせるかどうかも分からない。

綸太郎は剣術や柔術を飽くことなく鍛錬していたし、諸国遍歴をした折に、幾多の危険に陥って実戦も体験している。しかし、いずれも、自分を守れば済むことであって、誰かを救うことではなかった。

将軍を人質に取った連中は、おそらく手練《てだ》れ中の手練れであろう。

——戻るなら、今だ……。

さすがに綸太郎も臆病風に吹かれたが、松平定信が、白川家と本阿弥家との関わりを話していたことが気になっていた。そして、清澄に張りついたままの翁面を取ってやらねばなるまい。

綸太郎はまるで、これが使命のように清澄に付いて、淡々と前に進んだ。

御用部屋から逃走する経路は、水路だけではない。

床は二重底になっていて、身を伏せて隠れられるようになっている。そのまま上ノ御鈴廊下の脇にある穴道に繋がっている。

その穴道は直接、中奥の床下を抜けて、御側衆の間に至るようになっている。しかし、絶対に逆行はできない仕組みになっている。まるで忍び返しだ。籠城になった場合、中奥から大奥に押し込まれる箇所が、ひとつでもあれば、将軍の命取りになるからであろう。

大奥側からしか開かない仕掛けとは、鼠《ねずみ》取りの籠で閃《ひらめ》いたという。綸太郎は他の城で一度だけ見たことがあるが、無理に入ろうとすると槍の穂先のような鋭い刃が、侵入者を突き刺すのだ。

御側衆の間には、木管を使って伝達する仕掛けがあり、書院番組や小姓組などの番頭、組頭ら武官が、二百人、即刻駆け付けることになっている。

既に松平定信の命によって、番方は集まっているに違いない。同時に、隠密裡に怪しい者の捕縛に動いていることであろう。

綸太郎と清澄は最後の足場を踏み越えて、下水口の真下に来た。

ぷんと匂いがした。石榴《ざくろ》のかおりだ。

清澄が流しになっている陶器台を少しずらすと、御廊下脇の中庭が見えた。だが、奥女中の姿は見えない。ふだんなら、廊下脇の小部屋で、御半下《おはした》が将軍の着替えなどを用意している刻限であろう。

しかも、この手水《ちょうず》の下にある流しは、城外に異変を伝えるために、牛の腸に詰めた黄色の果実粉を多量にぶら下げている。

その綱を切り離すと、それは下水を流れて、北桔橋《きたはね》門と西桔橋門近くの壕に流れ出ることになっている。

途中、水がまっ黄色になる。どっと流れ出る黄色の水で、番方は異変を知るのである。朝昼晩、三交代で水を見張っている役職もあるのだ。

清澄は、わずかな隙間から、しなやかに飛び出した。綸太郎も素早くそれに続いた。だが、羽織は途中で脱ぎ捨てたのに、水を吸った着物が重すぎて、思うように動きが取れない。

陶器台を元に戻すと、綸太郎はすぐさま御廊下の下に潜り込んだ。

それに沿ってゆくと鷹ノ間、溜《たまり》を抜けて、すぐ御用部屋になる。

しかし、容易には進めない。

曲者の侵入に備えて、幾層にも鳴子糸が張り巡らされていた。手練れの忍びでも、ひとつも音を出さずに、御用部屋に近づくことはできまい。

「江戸城とはまさに将軍の城。色々と仕掛けが張りめぐらされているのだな」

綸太郎の感想などに答えている余裕はない。

清澄は帯に挟んでいた扇子を引き出すと、骨に仕込んである畳針を使って、一本ずつ切っては床下の小石に結び直して、鳴らないように仕掛ける。

その神経がすり減るような作業をしながら、清澄は翁面の奥から、絞るような声を洩らした。

「——おまえが羨ましい」

はっきり聞こえなかったので、綸太郎は尋ね返した。

「本阿弥家に繋がる上条家の御曹司でありながら、自由闊達に生きているおまえが、本当に羨ましい」

唐突な言い草に綸太郎は首を傾げた。細かな手作業をしながら、複雑なことを物思うのは、能楽師ゆえできる技であろうか。能面から覗き見えるだけの視界では難しいと思えるが、清澄は淡々と鳴子の仕掛けをはずしながら、

「私は物心つく前から、猿楽の稽古稽古……まさに風姿花伝に記されている、年来稽古条々、のように、年に応じて躾けられ、厳しい修行をして来た……だが、ある時、知らされたのは、人殺しが稼業の家柄だということだ」

「――人殺し……」

「闇で為政者を操るなどと言うが、とにかく殺し屋みたいなものだ。己の生き様は、生まれながらにして決まっているのだ」

綸太郎は宿命としか言いようのない清澄に同情していた。殺しを拒否すれば、すなわち自分の死でしかないからだ。

「今度《こたび》も実は……松平定信を消せ、というのが大師からの命令であった」

「やはり……」

「気づいておったのか!?」

「鬼火の舞を演じていたときのあなたには、なんか分かりまへんが邪念を感じてました」

「ふむ……やはり、私は修行が足らぬな」

「でも、人質騒ぎが起こったとはいえ、あなたは松平定信様を仕留めなかった。殺そうと思えば、なんぼでも機会はあったはずや。そやのに殺すどころか、こうして命令まで受けて従ってる。それは、なんでなのや?」

綸太郎の問いかけに、清澄は最後の仕掛けを外してから、ぽつりと答えた。

「逆らってみたかったからだ、大師に。もちろん、下手に暗殺をすればマズいからな、様子を窺っていたのはたしかだ。しかし、おまえの言うとおり、一思いに殺ることはできた。でも、敢えてしなかったのは……己の意志で動いてみたい……そう思ったからかもしれぬ」

「己の意志で……」

能面のまま小さく頷いた清澄を、綸太郎は切なげな目で見つめた。

もしかしたら、清澄は理由や手段はどうであれ、暗殺をすることを嫌悪しているのではないか。だが、自分ではどうすることもできない。だから、殺しの時には能面をつける。そうすれば、少なくとも自分ではなくなる。他の神懸かりの力が与えられる。そして、

——殺しをしているのは自分ではない。自分の意志ではない。

ということを心の中に吹き込んでいるのではないか。

しかし、己が取った行動が消えるわけではない。罪の念に苛《さいな》まれ続けており、そんな自分の顔を見たくないから、面をつけずにいられないのではないか。取れないのではないか。

綸太郎にはそう感じられた。

白川能楽の家系に生まれ、修行をして来たのならば、自然に冷徹な人間になったかもしれない。しかし、そうなりきれない清澄の苦悩を、その翁面が物語っているようにも見える。

そんな思いを払拭するように、

「さてと……」

と清澄が立ち上がったときである。突然、扉越しに大声が鳴り響いた。

「ふざけるな！　もう待てねえぞ！　将軍をぶっ殺してやる！」

賊の一人の声のようだ。

「待てッ」

杉戸の向こう、中奥から漏れてくる声は松平定信のもので、

「望み通り、蓮池御用蔵の鍵を開け、扉も開けておる」

「嘘をつくな」

「本当だ」

「いや。仲間から合図がない」

「仲間がいるのか？」

「松平定信！　おまえは上様が死んでもよいと言うのか」

「待て」

「四半刻を一刻まで延ばしてやったのだ。もはや、こっちが譲る謂われはない。おぬしの引き延ばし策も無駄だったようだな」

「なんじゃと？」

「上様の御護り役の能楽師は、水道のどこぞで、水ぶくれになって死んでおるに違いなかろう……秘密の通路を逆行して来る勇ましさは買うてやるが、半蔵門の伊賀者が、わしらの手の者とは気づかなかったようだな」

杉戸の向こうからは何も返答がない。定信自身、清澄と綸太郎が取る行動を見抜いていたとみえる。しばらく沈黙した後、

「さようか、あやつは憤死したというのか……だが、わしは諦めぬぞ、その遺体を見るまではな」

と定信はしんみりした声で言った。

が綸太郎の名は言わなかった。一縷の望みをかけたのかもしれぬ。

綸太郎はほんのり熱い血流が胸のあたりに巻いた気がした。

賊は鼻で笑って、

「もっとも、その御護り役がここまで来ようとも、俺たちに勝てるわけがない。痩《や》せても

枯れても、休息御庭番之者支配までしていた荒木兄弟《あらき》だ。旗本になって腑抜けた御庭番たちには、腕も度胸も、そして頭も負けはせぬ」

荒木兄弟――。

綸太郎も聞いたことがある。

御庭番筆頭の川村家とともに紀州から来た荒木六右衛門《ろくえもん》の直系だ。だが、三年ほど前に、大奥がらみの不祥事を起こして、御庭番から外された。御家断絶にはならなかったが、一門は紀州に帰されて、ひっそり暮らしていたはずである。

――さては、その処分を決した上様と松平殿に対する逆恨みによる凶行だったのか……。

城内が煩雑になりやすい式日を選んだり、中奥の楓ノ間から大奥へ抜けるすべを熟知していたはずである。

――荒木兄弟は、三人だったはずだ……ということは、御用部屋には三人いるということか……いや、うち一人は連絡係で、外にいるのかもしれぬ……俺たちの行動を見抜いたのも、おそらく兄弟の一人に違いない。ということは、中には二人か？　それとも、手下が何人かいるのか……。

綸太郎は、めまぐるしく思いを走らせたが、結論は、定信の一言で理解できた。

「そうか。荒木だったか……長兄の軍兵衛《ぐんべえ》には可哀想なことをした。せめて自決させてやりたかったが、打ち首とはな」

「黙れ、おまえが命じたのではないか」

「弟二人で兄の復讐か？」

「上様を殺《や》るなど、二人で充分よ」

と、今まで話していた賊とは違う声が聞こえた。

綸太郎と清澄は確信して、お互いの顔を見合わせた。

――上様を監禁した敵は二人。

それにしても、どうやって、ここまで入って来ることができたのかは疑問だった。幾ら元御庭番でも、中奥まで侵入するのは、不可能に近いのではないか。

どこぞの大名の家臣に扮《ふん》するといえども、登城できる人数は決まっており、最後は大名一人。刀持ちも途中の城門で待たされることになる。

「そうか、分かったぞ……」

荒木兄弟は、あらかじめ、大奥へ入っていたのだ。半蔵門の伊賀者が仲間ならあるいは綸太郎たちと同じ手を使ったのかもしれない。そうでなくとも、今日は式日ゆえ、御用呉服商人がこの日のために、数日前に江戸城大奥相手に商売をしているはず。人気歌舞伎役者が長持に隠れて入って来た例もある。

そして、大奥の御化粧ノ間にでも、紛れ込んでいたのかもしれぬ。

――ということは、大奥に手引きがいたと言うことか？　いや、そこまでして御金蔵破りをさせて、何になるのだ？

考えるのはもうよい。敵が二人と分かったのだ。

――一瞬のうちに倒すしかない！

綸太郎は能楽師、清澄の気持ちが分かる気がした。

舞台に出る前のように、心の高ぶりを快感としてゆき、心地よい緊張を全身に張り巡らせた。

気合いが乗ってくると、敵の動きが、緩慢な能楽の舞に見えてくるものだ。手に取るように、敵の剣捌《さば》きが見えると、もう怖いものは何もない。

二人は頷き合って、御用部屋に踏み込む機を見計って身構えた。

八

蓮池の御用蔵では、金奉行以下、金蔵番同心が二千両箱を運び出していた。

賊……荒木兄弟が指名した、若年寄で伊勢崎《いせさき》藩主酒井下野守《さかいしもつけのかみ》、下館《しもだて》藩主石川若狭守《いしかわわかさのかみ》ら五人の家臣に渡して、城外に運び出されるのである。

突然の指名を受けた酒井下野守らは驚いていたが、彼らは、

「上様に関わる一時的な緊急回避である」

と、松平定信自身から説明を受けて、断ることはできなかったのだ。

運び出される二千両箱を憮然《ぶぜん》と見送りながら、定信は吐息した。

――綸太郎と清澄……二人とも、本当に、殺《や》られてしまったのか……。

定信は、御庭番数十人にも、大奥への侵入を命じていたが、まだ吉報はない。

――やむを得ぬ……敵を油断させたところで、乗り込むしかあるまい。問題は金ではない。御庭番の家筋を絶たれたはずの奴らが、幕府に挑んで来るのが煩《わずら》わしい。

一か八かで乗り込む。

将軍が怪我ですめば、それでよし。万が一のことがあっても、幕府は揺らがないよう手筈《てはず》は整えた。

定信は番方の全てに招集をかけ、御錠口を破り、断固、敵を叩きのめすことを決めていたのだ。

「必ずや上様をお救いするのだ」

我ながら空々しい命令だと思ったが、定信は采《さい》を振った。

その時である。

奥の御用部屋から、ギャッと悲鳴があがった。

「御老中！　今だ！」

と大声を発したのは、清澄である。

番方が一斉に杉戸をぶち破る。

火薬で錠前を壊し、角材で突き倒したのだ。

杉戸の奥には、荒木兄弟に仲間の伊賀者が二人、忍び刀を抜いて構えていた。だが、数人の番士たちが、一斉に槍で突きかかる。逃げ場を失った伊賀者は、無惨に腸をえぐり取られた。

飛び散る鮮血を振り払った番士たち三十人は、御鈴廊下を走り、御小座敷、御鈴番所など四方に散ると、爆竹音の合図と同時に、蔦ノ間奥の御用部屋に乗り込んだ。

そこには、肩口をざっくり斬られた将軍家斉が、一緒にいた側室を庇《かば》うように座り込んでいた。

部屋の片隅には、目を見開いた荒木兄弟が二人とも倒れていた。

喉元にプッリと二つの穴が開いている。

御書院頭は家斉に駆け寄り、

「上様！　しっかりなさりませ！」

既に後ろに待機していた御典医が直ちに治療を始めた。

番士たちは家斉を庇ってずらり取り囲み、辺りを執拗《しつよう》に睨み回す。

「――もう、よい。賊は成敗した」

と家斉は、絞り出すような声で言った。わずか一時《いっとき》の人質だったが、髪が白くなるほど憔悴《しょうすい》している。

そこには綸太郎と清澄が立っていた。

荒木兄弟を誰が殺したかは、誰も詮索しなかった。

二人がやったであろうことは、番士たちも承知していた。

しかし、はっきり分かっていたのは綸太郎だけだった。清澄が目にも止まらぬ速さで、鉄扇の骨で相手の喉を突き抜いたのを、間近で見ていたからである。

綸太郎が振り向くと、清澄の顔からぽろりと翁面がはがれた。

――どうやら、己の宿痾《しゅくあ》を抱えて生きて行かねばならぬ覚悟が出来たようやな。

と綸太郎は思った。

その夜、清澄は小日向の屋敷に呼ばれた。

大師の前に座った清澄は真っ向うから挑戦するような目つきで見つめていた。

「翁面はどうした」

清澄は、もはや大師に向かって祖父でも孫でもないというような口調で答えた。もちろん、師弟の関係は変わらない。

「咲花堂に返しました」

「何故じゃ」

「あれはただの能面ではなく、鬼火一族とやらの幾つもの顔だったのですね……でも、私にはもう要らないものです……それにしても、今般の儀は、釈然としないことがあります」

と清澄は大師に問いかけた。

「上様をお守りできたのだ……それでよかろう？　賊に味方した伊賀者たちも、早々に処分されたと聞くが」

「いいえ。荒木兄弟は死ぬ直前、こう言ってました」

と清澄は言った。

「俺たちはダシにされた、と。――荒木兄弟は、御金蔵を狙った人質騒動を起こすだけでよい。後は、八朔御礼に来たある大名の家臣に扮して下城する手筈だったとか」

「……知らぬ」

大師は長い白髭をなでながら目を閉じた。

「そんな惚《とぼ》けないで下さい！　私はこの命を落としそうになったのです。そして、上条綸太郎も！　綸太郎がいなければ私は死んでいたかもしれません。あの翁面が取れないまま」

「迷いが取れただけだ、おまえの心の中から」

「そうです。これからは、ただあなたの言いなりにはならず、己で決めるということです」

大師は苦々しそうに顔をゆがめたが、敢えて何も言わず、睨み返してきた。

「私はあの兄弟に同情します」

と清澄は言った。

「同情？　愚かな……そんな余計な心が国を滅《ほろ》ぼすのじゃ」

「では申し上げます。すべては、鬼火一族の頭領のあなたが仕組んだことだったのですね」

「…………」

「上様人質騒ぎを起こす。だが、松平定信様ならきっと、誰にも内緒にして、上様の次の将軍を決定する。定信様なら、うまく豊千代を養嫡子にするだろう。それがあなたの読みだった。見事うまくいった。そして、次は……」

「次は？」

「私を信頼しきった松平定信様を、今度こそ本当に殺させる。違いますか」

大師はふんと笑って言った。

「清澄や。おまえはいずれ鬼火一族の頭目になる身。なかなかの器量じゃが、人に情けをかける限りは、一人前にはなれぬ……どうやら、上条綸太郎に御城で会うたのが、わしの誤算だったようじゃの」

「さあ、それはどうですか……松平定信様は、ひょっとしたら、全てお見透しで、咲花堂を呼んでいたのかもしれませぬよ」

と清澄はもう一度、大師に詰め寄るように向き直った。

「お答え下され。これでもあなたは、松平定信様を殺す気なのですか？」

「我らが手を下すまでない。豊千代が将軍になれば、松平定信殿は即刻、罷免、江戸からも追放されるじゃろう」

「……なるほど。黒幕はやはり、一橋治済様だったのですね。あの人なら考えそうなことだ。自分の実の息子を殺してまで、己が思うがままに天下を操りたい。そのために……」

孫の豊千代を将軍の座に就かせようとしたのであろう。

それは鬼火一族の狙いでもあった。有能な松平定信は邪魔だったのだ。

しかし、その目論見《もくろみ》は、図らずも、たまたま江戸城内に観能に来ていた綸太郎の手で消えてしまったことになる。

将軍徳川家斉が人が変わったように、善政を行うようになるのは、それから後のことであった。

解説――情緒と美しい舞台

菊池《きくち》　仁《めぐみ》（文芸評論家）

まず、目を通してもらいたいものがある。昨年、『週刊読書人』で時代小説の月評を担当していたのだが、二〇〇五年の総括として次のようなことを書いた。

《昨年同様、〝文庫書き下ろし〟の出版点数の多さが目立った一年であった。現在、十一シリーズもの書き下ろしを抱えた佐伯泰英の活躍が目立っているが、新しい書き手も次々と登場している。

中でも注目はテレビドラマで時代劇を手がけていた脚本家からの転身組である。新しいところでは「隅田川御用帳」（廣済堂文庫）でデビューし、たった二年で「橋廻り同心・平七郎控」（祥伝社文庫）、「藍染袴お匙帖」（双葉文庫）、「見届け人秋月伊織事件帖」（講談社文庫）、「浄瑠璃長屋春秋記」（徳間文庫）の四シリーズをスタートさせた藤原緋沙子と、『望月弥九郎捕物控　彼岸花散る』（大洋時代文庫）でデビューを飾ったベテラン・下飯坂菊馬がいる。

すでにこの分野では、氏名だけの列挙となるが、井川香四郎、天宮響一郎、北川哲史、藤井邦夫、本庄慧一郎等が健筆をふるっている。》

ーナ冒頭の部分に少し解説がいる。ここ二、三年、書店の店頭を覗《のぞ》くと、文庫の新刊コーナーに〝文庫書下ろし長編時代小説〟と銘打たれた作品が所狭しと並べられている。

昨年、『二〇〇五年版この文庫がすごい！』（宝島社）というジャンル別ベストテンを掲載した雑誌が刊行されている。筆者もベストテンのアンケートに応じた一人なのだが、この時に参考資料として編集部から文庫の出版データが送られてきた。ずっと気になっていたことがあったので調べてみた。それは、〝書下ろし長編時代小説〟がどのくらい出版されているのか、ということであった。調べてみて驚いた。

時代小説（明治、中国ものを含む）の総出版点数（二〇〇四年四月から〇五年三月までの一年間）は三四一冊（二次文庫以降も含む）、うち一次文庫（単行本刊行の後、文庫化されたもの）が一三六冊、アンソロジー一四冊、書下ろしが一九一冊という内訳であった。なんと書下ろしの方が多いのだ。総出版点数に占める書下ろしの比率は五六％、一次文庫よりも五五冊も上回っているのである。

つまり、現在の時代小説の動向を見ていく上では、この〝文庫書下ろし長編時代小説〟の存在を抜きにしては語れない状況となっているのである。

事実、〝文庫書下ろし〟という新たな出版方法の発見によって、第一に、積極的な新人の発掘が行なわれ、有能な書き手が登場していること、第二は、中堅作家の作品領域の拡大という冒険が行なわれ、作家層が充実したこと。第三は、内容的にも剣豪もの、チャンバラ活劇、伝奇もの、捕物帳、股旅もの、人情ものと幅が広がりつつあること、の三点を指摘しうる。

本書〝刀剣目利き神楽坂咲花堂〟シリーズの第二弾『御赦免花』の作者である井川香四郎は、この第一の指摘に該当する。と共に注目の脚本家出身である。作者は一九五七年、愛媛県に生まれる。中央大学卒業。現在は脚本家として「暴れん坊将軍」「水戸黄門」「八丁堀の七人」等のドラマで健筆をふるっている。また、柴山隆司の筆名で書いた小説『露の五郎兵衛』で小説CLUB新人賞を受賞。〝書下ろし〟分野では備前宝楽流の庖丁人・乾聖四郎が活躍する伝奇もの『飛蝶幻殺剣』を皮切りに、『くらがり同心裁許帳』『晴れおんな』『あやめ咲く』『縁切り橋』『情け川、菊の雨』『天翔る』『残りの雪』等の作品を手がけている。

もともと、時代小説というジャンルは新人が育ちにくかった。時代考証、言葉遣い等、約束事が多く、なじめなかったためと推測しうる。これが原因となって作家の絶対数が不足。このため、〝文庫書下ろし〟分野では、即戦力になる新人の発掘が急務であった。そこで、白羽の矢がたったのが時代劇を手がけている脚本家である。隆慶一郎、池宮彰一郎、星川清司、黒崎裕一郎等の前例もある。

作者もそういった流れから登場してきた一人であるが、出版社側の狙《ねら》いは正しかった。いずれの作品も物語の舞台設定、人物造形、ストーリー展開に特色があり、水準以上の出来を示している。筆も早い。期待値の高い作家である。

そこで本書である。本書は『秘する花』に続く、〝刀剣目利き神楽坂咲花堂〟シリーズの第二弾である。他の作品同様、物語の舞台設定、人物造形、ストーリー展開に独特の工夫が凝らしてある。

例えば、舞台設定だが、主人公・上条綸太郎は京の出身で、松原通《まつばらどおり》東洞院《ひがしのとういん》通にある刀剣目利きの骨董《こっとう》店『咲花堂』の息子である。その綸太郎がひょんなことから江戸に店を出すことになり、その店を神楽坂に構えたというのがこのシリーズの発端である。

神楽坂は三代将軍が矢来《やらい》町にある屋敷まで往来した坂道である。綸太郎が生きた文化文《ぶんかぶん》政《せい》の時代になっても、武家屋敷と町屋が入り混じった柔らかな情緒を醸《かも》し出す町並みは変わっていない。特に、坂上にある善国寺《ぜんこくじ》に祀《まつ》られる毘沙門天《びしゃもんてん》の縁日は古くからにぎわいを見せていた。

作者のうまさは江戸下町ではなく、山手《やまのて》の神楽坂を舞台に設定したことである。実は、神楽坂が全国的に著名な地となったのは、明治期から昭和初期にかけて、山手随一の繁華街、花町としてである。そんな江戸期にはあまり知られていなかった神楽坂に着目。作者は下町ではなく、山手の失われてしまった江戸情緒溢《あふ》れた景色を再現して見せてくれているのである。それも綸太郎という京都人の眼を通して描いているところに特色がある。

例えば、第三話「梅は咲いたか」の冒頭の場面がその典型と言える。

《上条綸太郎が神楽坂の住人となって、まだ一年にも満たないが、生まれ育った京と何処《どこ》か似ているような、それでいて異質な文化に触れた喜びを毎日感じながら暮らせる町である。

この町には、〝朝顔、昼顔、夜顔〟の三つの顔があるという。

朝は豆腐や蜆《しじみ》売りなど物売りの声。昼は人通りの激しい賑《にぎ》やかな往来となり、夜はしっとりと落ち着いた座敷着の芸者が現れる。まさに綸太郎が通いつめた祇園《ぎおん》を凝縮したような坂の町だった。

違うのは耳に入って来る言葉のなまめかしさの違いであろうか。はんなりとした京言葉もよいが、慣れれば江戸のべらんめえ調も心地よい。殊《こと》に小粋《こいき》な姐《ねえ》さんがするりと洩《も》らす声には、心の襞《ひだ》がくすぐられる。》

さらに、第二話「ほたるの宿」の次のような描写。

《神楽坂は武家と町屋がいい按配《あんばい》に入り交じった、ちょっとした坂と路地の迷路の町だ。そこが住んでいる者にとっては心地よく、見知らぬ者にとっては旅情に浸《ひた》れる土地柄であった。

特に名所があるわけではないが、隠れ家のような宿や料理屋がそこかしこにあり、色街も派手さはなく、しっとりとしたものだった。

桃路がよく通う茶屋のある月見坂、そして、雪見坂、花見坂に挟まれるように窪地があって、蛍《ほたる》坂と呼ばれるほんの数間《すうけん》ばかりの急な石段の下に、京の町屋風の旅籠《はたご》があった。中が見えにくいように板塀で取り囲まれ、部屋にも格子の出窓があって目隠しになっていた。茶屋で座敷遊びをした旦那衆が、芸者を口説くために連れ込む宿としても使われているようだ。

朝山沢兵衛が目指していたのは、この宿であった。

蛍坂にあるから、蛍の宿と呼ばれていたが、それは名前だけではない。離れの一室には、床下に石樋を通しており、井戸水が清流のように流れ出ている。縁側から見ると、丁度、足下から水が湧き出ているように感じる。その流れの先に竹藪《たけやぶ》があって、季節になると蛍が現れる。数は少ないが、宿に泊まる者の心に染みいる風情《ふぜい》だった。》

早い話が今で言うラブホテルなのだろうが現代ビジネスが追求する効率とは無縁の、〝逢瀬〟という日本語にふさわしい情緒が匂いたつような描写である。この舞台装置が「ほたるの宿」のストーリーとぴったりはまっているところが、このシリーズのもつ凄味なのである。つまり、ここには言葉のもつ日本的情緒と、言葉を映像に転換する作業に携《たずさわ》っている者だけがもつ、視覚的効果に対する鋭敏さがクロスして作りあげた美しさがある。

シリーズものではもっとも重要なのが人物造形だが、そのベースとなる職業の選択も活きている。刀剣や骨董の鑑定師である。持ち込まれてくる骨董の背後に人間ドラマが秘められており、綸太郎は値をつけるが、それはあくまで仮で、その仮の値段を通して隠されたドラマに触れ、心の真贋を見抜くという設定になっている。それだけに人間性に深味がある。人物造形に対する作者の工夫がうかがえる。

ストーリー展開にも味がある。第一話から第三話までは人情捕物帳という仕立てだが、第四話「鬼火《ものび》の舞」は、『飛蝶幻殺剣』を彷彿《ほうふつ》とさせるような伝奇色の強いストーリーに仕立てている。時の権力者・松平定信《まつだいらさだのぶ》の暗殺を命じられた鬼火一族の能役者を主役にした物語である。

鬼火一族とは——。

《伝統と格式のある白川流能楽の家系——。

これは世を欺《あざむ》く仮の姿。実は鬼火一族の血脈が縷々《るる》と繋《つな》がっているのである。

鬼火一族とは、天照大神《あまてらすおおみかみ》の巫女《みこ》を祖とする闇の権力者である。》

これだけでも興味津々《きょうみしんしん》である。さて、話はどう展開するのか。
実は、このシリーズにはもうひとつ大きな仕掛けが施されている。それは、
《もちろん江戸に来た別の目的がないかという嘘《うそ》になる。まだ番頭にも話していないが、綸太郎は本阿弥《ほんあみ》家の傍系にあたる上条家に代々伝わる、三種の神器ともいえる秘密の宝を探しているのである。
その宝は徳川家康《とくがわいえやす》に奪われ、江戸のどこかにあるということを、〃一子相伝〃の中で伝えられてきたのである。宝とは、刀剣、茶器、掛《か》け軸の三点だが、それがいかなるものかは、まだ綸太郎の胸の内だけにある。》
というものである。つまり、本シリーズは一話ごとの綸太郎が見抜く濃密な人間ドラマを鑑賞する楽しみとは別に、綸太郎にまつわる〃宝探し〃という〃もうひとつの物語〃をたどる楽しみが秘匿《ひとく》されているのである。

一〇〇字書評

御赦免花

切・り・取・り・線

購買動機（新聞、雑誌名を記入するか、あるいは○をつけてください）

□（　　　　　）の広告を見て	
□（　　　　　）の書評を見て	
□ 知人のすすめで	□ タイトルに惹かれて
□ カバーが良かったから	□ 内容が面白そうだから
□ 好きな作家だから	□ 好きな分野の本だから

・最近、最も感銘を受けた作品名をお書き下さい

・あなたのお好きな作家名をお書き下さい

・その他、ご要望がありましたらお書き下さい

住所	〒				
氏名		職業		年齢	
Eメール	※携帯には配信できません	新刊情報等のメール配信を 希望する・しない			

この本の感想を、編集部までお寄せいただけたらありがたく存じます。今後の企画の参考にさせていただきます。Eメールでも結構です。

いただいた「一〇〇字書評」は、新聞・雑誌等に紹介させていただくことがあります。その場合はお礼として特製図書カードを差し上げます。

前ページの原稿用紙に書評をお書きの上、切り取り、左記までお送り下さい。宛先の住所は不要です。

なお、ご記入いただいたお名前、ご住所等は、書評紹介の事前了解、謝礼のお届けのためだけに利用し、そのほかの目的のために利用することはありません。

〒一〇一-八七〇一
祥伝社文庫編集長　坂口芳和
電話　〇三（三二六五）二〇八〇

祥伝社ホームページの「ブックレビュー」からも、書き込めます。
http://www.shodensha.co.jp/bookreview/

祥伝社文庫

御赦免花《ごしゃめんばな》　刀剣《とうけん》目利《めき》き　神楽坂咲花堂《かぐらざかさくはなどう》

平成18年 2月20日　初版第1刷発行
平成24年 7月 7日　　　第4刷発行

著　者　井川香四郎《いかわこうしろう》
発行者　竹内和芳
発行所　祥伝社《しょうでんしゃ》
東京都千代田区神田神保町 3-3
〒101-8701
電話　03（3265）2081（販売部）
電話　03（3265）2080（編集部）
電話　03（3265）3622（業務部）
http://www.shodensha.co.jp/
印刷所　堀内印刷
製本所　積信堂

Printed in Japan ©2006, Koushirou Ikawa　ISBN978-4-396-33275-4 C0193

祥伝社文庫の好評既刊

井川香四郎　鬼神の一刀　刀剣目利き　神楽坂咲花堂⑩

辻斬りの得物は上条家三種の神器の一つ、〝宝刀・小烏丸〟では？　綸太郎と老中の攻防の行方は…。

井川香四郎　鬼縛り　天下泰平かぶき旅

その名は天下泰平。財宝の絵図を片手に東海道を西へ。お宝探しに人助け、波瀾万丈の道中やいかに？

井川香四郎　おかげ参り　天下泰平かぶき旅

財宝を求め、伊勢を目指す泰平。遠江《とおとうみ》国では満月の夜、娘を天神様に捧げる掟が……。泰平が隠された謀《はかりごと》を暴く！

逆井辰一郎　雪花菜《きらず》の女　見懲らし同心事件帖

同心になったばかりの浪人野蒜《のびる》佐平太。いたって茫洋としていながらも、彼にはある遠大な目的が！

逆井辰一郎　身代り　見懲らし同心事件帖②

結ばれぬ宿世の二人が……。許されぬ男女のために、〝見懲らし同心〟佐平太が、奔走する。

逆井辰一郎　押しかけ花嫁　見懲らし同心事件帖③

許してはならぬ罪、許すべき罪を見極め、本当の〝悪〟を退治する、見懲らし同心佐平太が行く！　人気の第三弾！